茨木野
Illust トモゼロ
窓際編集とバカにされた俺が、
双子JKと同居することになった

わかった。泊めるよ。
……ただし今日だけな。
お姉、
よかったね！

うん。せんせぇ、
ありがとうございます。

あ、おかりん
おはよ～♡

ん～♡
せんせー♡

るしあ先生。
原稿を拝見します。

自信作だぞっ。
お、おかやのために頑張ったんだ。

CONTENTS

madogiwa
henshu
futagoJK to
dokyo

Ibarakino
茨木野
Illust トモゼロ
窓際編集とバカにされた俺が、
双子JKと同居することになった

プロローグ ■ ＪＫのいる日常

俺《おれ》の名前は岡谷光彦《おかやみつひこ》。二十九歳。とある出版社で、ライトノベル編集者として働いてる。

色々あって、長年連れ添った妻に浮気《うわき》され、離婚したため現在独身。

かなりヘヴィな境遇にいると自覚してる。でも、俺は毎日はつらつとした気持ちで働けていた。

それはなぜかというと……。

「ただいま」

「……あ、せんせぇ、おかえりなさい♡」

会社から帰宅すると、黒髪の可愛《かわい》らしい少女が俺を出迎えてくれる。

つややかで長い黒髪に、丸い瞳《ひとみ》。白い肌と、そして目を見張るほどの大きな胸。

彼女は笑顔で俺を出迎えてくれる。その笑顔には嘘《うそ》くささがない。男の前でなくとも、俺がいぬ間も、彼女はずっとニコニコしてる。その裏表のない笑顔を見てると、さっきまで仕事してて、続いていた緊張状態が、ふっ……と緩んだ。

「菜々子《ななこ》。ただいま」

「……えへへ♡」

元々笑顔だった菜々子の笑顔が、更にふにゃりと柔らかくなる。頬《ほお》に手を当ててつぶやく。

「……新婚さんみたいです、なんて……えへへ♡」

俺と彼女の関係性は複雑だが、一つたしかなことがある。

それは、彼女は恋人でも、ましてや、奥さんでもないということだ。

「もう高校生なんだから、ごっこ遊びもほどほどにな」

「……ごっこじゃないのに～」

しゅん、と肩をすぼめる菜々子。昔も新婚さんごっこやらされたな。姉妹揃《そろ》ってませてる子らだ。

俺たちがリビングへ行くと……。

「おっかりーん！　おかえり～！」

今度は、金髪の美少女が俺を出迎えてくれる。

菜々子と同じ顔のパーツ、そして抜群のプロポーションを持つ。

こちらも、菜々子同様に制服を着ているが、その上からエプロンを身につけていた。

そして、この子も笑顔で俺を出迎えてくれる。

菜々子が春の日差しならば、この子は真夏の太陽のように、エネルギーにあふれた笑みを向けてくる。

「おかりんおつかれっしょ～？　はいカバンもちまーす！」

ぱっ、と彼女が俺からカバンを奪う。

知らない他人から、大事なカバンを取られたら、びっくりするし警戒もするだろう。

だが、この子らのことをよく知る俺は、特段、驚くことはない。

彼女は純粋に、疲れてる俺を気遣って、カバンを持ってくれたのだ。

「ただいま、あかり」

「うふふ～♡　おかりん、お風呂《ふろ》にします？　ごはん？　それともぉ～ア・タ・シ～？」

……やれやれ。こっちもごっこ遊びか。高校生だろうが、おまえたち。

「……あ、あ、あかりちゃん！　だ、だめだよそんな、は、はしたないです！」

菜々子が顔を真《ま》っ赤《か》にして、あかりの肩を揺する。

一方であかりはニヤニヤと笑いながら、俺を挑発するような発言をする。

「いいよ～♡　おかりんが望むなら、ＪＫ二人がご奉仕しまっせ～♡　こちらは置いてもらってる身なんだから、求められたら断らないっすよ～♡　どうどう～♡」

「……あかりちゃん！　せんせぇをからかわないの！　ご厚意で置いてもらってるのに、もうっ」

「にゃはは、お姉はお堅いのぅ」

菜々子はため息をついた後、すぐにまたいつものほわほわした笑顔に戻る。

妻がいるとき、この家には冷たい空気しか流れていなかった。でも二人がここにきてから、家の中が明るくなった気がする。

「およ？　どうしたのおかりん？　は！　もしやアタシとお風呂入る姿を妄想して、やらしー気持ちになったとかー！」

あかりのやつが、わくわくしながら問うてくる。

それがもう……なんというか、子供の頃から一ミリも変わってなくって、俺は……安心感を覚えた。

「バカなこと言ってないで、飯行くぞ」

あかりが不服に頬を膨らませながら俺に言う。

「おかりんさー、子供扱いしないでくれないかなっ。アタシたちもう立派な大人のレディですぜ?」

「大人は自分を大人って言わない」

「わーん。おかりんが正論で殴ってくるよぉ。お姉~」

「先生、外暑かったでしょう?　今日はあかりちゃんとそーめん作りました!」

「無視すんなし~」

部屋に入ると、冷房が強めに効いていた。テーブルの上にはすでに夕飯ができてる。

……心地よい空間、美味そうな食事。そして……そばに居て気持ちが楽になる、存在たち。

浮気されて大変でしたね、と周りは俺に気を遣う。でも、俺はそんなこと全然気にならない。

自由奔放な妹、あかり。

真面目《まじめ》な姉、菜々子。

JKたちが俺に癒《いや》しを与えてくれるから。

さて……どうしてこういうことになったのか。

話は、少し前に遡る……。

第一章　JKを拾う

「岡谷《おかや》さんって、窓際編集って呼ばれてるの知ってるっすかぁ?」

七月某日、十九時頃。

俺《おれ》、岡谷光彦《みつひこ》がデスクで仕事をしていると、新人編集の木曽川《きそがわ》が、俺にそう言ってきた。

ここは大手出版社「タカナワ」の、ライトノベルを取り扱っている編集部。

この間興行収入六〇〇億円を突破したラノベ原作の映画『デジタルマスターズ』のラノベの原作を出版しているレーベルだ。

「窓際編集……?」

「あんれぇ～。知らないんすかぁ～?」

木曽川、今年新卒で入ってきた若い編集だ。

金髪のいかにもチャラそうな見た目の男。

一方で俺は二九歳、ボサついた髪に、ヒョロイ、くたびれたおっさんだ。

なるほど、窓際族ならぬ、窓際編集と言われても、仕方ない見た目をしているだろう。……まあ、そう言われても俺は気にしない。そういうふうに思う人がいるんだな、くらい。

「みんな言ってますよ。いつも窓際に座ってて、何してるのかわからないって」

「はぁ……そう」

いちおう仕事してるんだけど、周りには伝わってないようだ。これもしかたないことだ。編集は本作りの裏方、そもそも目立たない仕事だからな。でもそれでいいと思っている。人からどう思われようが、馬鹿《ばか》にされようが、俺は俺のすべき仕事をするだけだ。

「今日もぼけーっと座って、なにしてるんすか？　ねえ、帰らないんすかぁ？」

「まあな」

俺は今日、るしあ先生が原稿を上げてくるのを、待つ必要があった。

今日が校了日だというのに、先生はまだ原稿を出してこない。彼女は何度も原稿を書き直すから時間がかかるのはしょうがない。でも必ず〆切には間に合わせてくる。だから信じて待つ。

「無駄な残業乙ぅ～」

「無駄じゃないんだが……木曽川はもうあがるのか？」

「そっす！　これから彼女とデートっすよぉ。へへ、ちょーぜつ美人でさぁ。写真見ます？」

「いや……いいよ。彼女とお幸せに」

木曽川は俺を散々馬鹿にして気分が良くなったのか、晴れ晴れとした表情で帰っていく。

「あーもしもし、ミサエさん？　ん、おれおれぇ。うん、もう終わったからぁ、そっちいくねぇ～」

木曽川が帰っていく。

ん？　ミサエ……？

偶然にも俺の妻も、ミサエって名前なのだが……。

まあ、偶然だろう。

ミサエなんて女性の名前、ありふれているからな。

それにミサエは既婚者、というか俺の嫁だ。

木曽川が付き合うわけがない……。まあ美人なのは確かだけどな……。

「今日は帰れないって、ラインしとくか」

俺はスマホの電源を入れて、妻に帰りが遅れることをラインする。

すぐに既読になったが……返事はなかった。

「はぁ……」

妻と俺との関係は、最近特に冷え切っている。

声をかけても無視される事も多いし、弁当も最近は作ってくれない。

「…………」

最初の頃は優しかったんだがな。

今ではあいつが俺を、ＡＴＭくらいにしか思ってないのは、知っている。

何をしても感謝してくれない、残業で遅くなると言ってもお疲れ様の一言も言ってくれない。

「なんで俺、結婚したんだろうな……」

★

結局、すべてが終わったのは、次の日の昼十二時ちょっと前のことだった。
るしあ先生が原稿を仕上げてきたのが、明け方近く。
そこから校了作業をして、諸々に頭を下げて、すべてが終わって……今に至る。
「疲れた……」
昨日の昼から編集部に居るから、二十四時間働いていたことになる。
なんてこった。道理で疲れたわけだ……。
俺はパソコンの電源を落として編集部を後にする。
出版社の人間はまだ誰《だれ》も出社してきてない。
ほかはどうか知らんが、うちの編集たちは、午後から出社するのがザラだ。
今日は疲れた。帰ったらすぐに寝たい……。
山手線と地下鉄を乗り継いで、俺は自宅へと戻ってくる。
都内にあるマンション。
ここも結構高かったなとふと思った。
エレベーターに乗って自分の部屋へと向かう。五階の一番奥の部屋。
「そういえばミサエに帰るってラインしてなかったな……」
この時間だと家に居るだろう。
あいつは専業主婦だからな。
俺は自宅の前までやってきて、家の鍵を取り出して開錠。

ドアを開けて中に入る……。

「…………」

疲れすぎてて、寝不足で……俺は気づけなかった。

玄関にミサエの靴と……そして、男ものの革靴があることに。

俺は廊下を歩いて奥へと向かう。

リビングスペースへとやってくる。

水でも飲んで寝ようかと思ったそのときだ。

「あ、あなた……」

「え？　……ミサエ？」

振り返るとそこには、青い顔をした俺の妻、岡谷ミサエがいた。

美人だ。ショートカットの艶《つや》やかな黒髪に白い肌。

地味な俺には似合わないと、散々他人から言われ続けた、そんな美人妻が、顔面蒼白《そうはく》で立ってる。

「な、なんであなた、ここにいるの……？」

「なんでって……昨晩ラインしただろ。残業。終わって帰ってきたんだよ」

「そ、そう……」

なんだか知らんが、ミサエはすごく動揺しているようだった。

何度もチラチラと隣の寝室を見ている。

「俺、今日はもう寝るから……」

「ま、待って……！」

妻が俺を通せんぼしてくる。

寝室に、入れまいとしている……？

「なんだよ？」

「ちょっと……出かけない？」

「は？　どうして……」

「だから……その……」

と、そのときだった。

がらっ、と奥の寝室のふすまが開いた。

中から誰かが出てきて、ドンッ、と俺を突き飛ばす。

「いっつ……だれだ……って、おまえ！　木曽川⁉」

そう……なぜか俺の後輩編集、木曽川が、俺の家の寝室にいたのだ。

「なんで……」

「チッ……！」

木曽川は舌打ちをすると、全速力で逃げていく。

「待って……！」

「あ、おい！」

ミサエは木曽川の後を追いかけていく。

「待てよミサエ！　どういうことだよ！」

だが俺の呼びかけにも応じず、ミサエは出て行った。

後には俺だけが残される。

「なんだよ……なんなんだよ……？」

……だが俺の中には一つの明快な答えが浮かんでいた。

昨日、木曽川は彼女とデートと言っていた。相手はミサエ……。

そして……俺の家に、木曽川と妻のミサエがいた。

「…………」

ふらふらと立ち上がり、寝室を見やる。

布団《ふとん》が敷かれていて……そこには使い終わった避妊具などがおいてあった。

「嘘《うそ》だろ……」

俺は、遅まきながら状況を理解した。

つまり……ミサエは……俺の妻は……。

「若い編集と、浮気《うわき》してやがったんだ……くそ……チクショウ！」

★

……気づくと日が暮れていた。俺はソファに仰向《あおむ》けに寝ている。

……あの後、何度もミサエに電話をした。だが音信不通だった。ついには着信拒否にまでされてしまった。

「くそ……」

俺ではなく、ミサエは木曽川を、若い男を選んだと言うことだ。

なんてことだ……最悪だ。俺は、何のために仕事してたんだよ……。

思い返せば、前兆はあった。

弁当を作ってくれなくなったこと。

素っ気ない態度をとってくるようになったこと。

休日になると、やたらと大学時代の友達と会っていたな……。

「アホらしい……ほんと……馬鹿馬鹿しい……」

妻が男と遊んでいる間、俺はせっせと仕事していたわけだ。

なんだか怒りを通り越して、呆《あき》れてしまった。

ミサエへの思いが、一気に冷めていく。

「これから……どうするかな……」

今はミサエのことなんてどうでもいい。好きにしたら良い。よりを戻す気も今更ない。

……なんだか、どっと疲れてしまった。

「……とりあえず、飯でも食うか」

と言っても飯を作る気になれない。

夜帰ってくると、最近はいつもコンビニ飯かカップ麺を食べていた。

夕飯を作ってくれなくなったのもまた、浮気が原因だったのかな……。

「……外食でもするかな」

俺はサイフと鍵を持って、部屋を出る。

と、そのときだった……。

「……あ。せんせぇ」

「え……？」

俺の家の前に、女の子が座っていたのだ。

まごうことなき美少女だ。艶やかな長い黒髪に、目を見張るほどの巨乳。

ブレザータイプの制服を着ている。なんとも美人だ。そんな子が、どうして俺の家の前に？　しかも、しゃがみ込んでいる？　なんでだ？

「……せんせぇだ、ああ……あの時の、ままで……」

じわ、と女の子が目に涙を浮かべる。急に泣き出した。

いや、なんだ、どういう状況だこれ……？

「あー！　お姉を泣かしたー！」

エレベーターの方から、またも女の子の声がした。

そっちを見ると……これまた美少女ＪＫがいた。

ウェーブがかった金髪を、シュシュでまとめて、サイドテールにしている。

こちらはブレザーを着ておらず、カーディガンを腰に巻いていた。

胸元《むなもと》のシャツを大きく開けて……ザ・ギャルって感じ。

「お姉……？」

「も～だめじゃんオジサン。お姉泣かしちゃ」

「いや……俺は別に……」

こいつら、なんなんだ……？

「……違うよ。あかりちゃん。私が勝手に……感極まっちゃって」

「あー、そっか。運命の人と再会だもんね。わかるわー」

……俺だけが理解できんのだが。

「あ、そうだ。本題本題。ね、オジサン？」

金髪のギャルが、ニコッと笑って、俺に言った。

「今夜アタシら泊めてくんない？　えっちなことしても……いいからさっ♡」

★

聞き間違えだろうか。……ギャルの口から、とんでもない発言が出た。

「あれ？　聞こえなかった？　えっちしてもいいから、アタシたちのこと泊めてくれない？」

なんだこの娘……？　こんなさえないおっさん相手に、泊めてくれないだと？

あり得ないな。

「……大人をからかうな。自分ちに帰れ」

外出しようとした俺だったが、そのまま部屋の中に入ろうとする。

「冗談じゃないよ！　本気」

「なら、なお悪いわ。そういう気はないから、さっさと帰るんだな」

ガシッ、と俺の手を握ったのは……意外にも、黒髪の、控えめな印象の少女の方だった。

「……おねがいします、ほかに行くところがないんです……」

震える声。涙に濡《ぬ》れた黒い瞳《ひとみ》。

なにか、よほどの事情があるような気がする。

……だが、それでも、俺に相談するのは間違っているだろう。

「ねえ、オジサン……アタシらのこと、覚えてない？」

「は？　なんだ急に……」

金髪のギャルと、黒髪の少女のセットに、見覚えなど……。

「……おかりんせんせぇ。覚えて、ないですか？」

「…………！」

おかりん先生。彼女は確かに、そう言った。

「おかりん覚えてない？　ほら……ねえ？」

……金髪の生意気な少女。

黒髪の、内気な女の子。

見覚えが……ある。いや……でも……。

「……もしかしてあの学習塾か？」

ぱぁ……！　と少女達の表情が明るくなる。

「そーそー！　ＴＯ１ＧＯ《トイゴー》の！」

ＴＯ１ＧＯ。それは……俺が大学生の頃、バイトしていた学習塾の名前だ。

……十年前。俺はそこで、講師のバイトをしていた。

そのとき……一組の双子がいたことを覚えている。

「……伊那《いな》あかり。それに、伊那菜々子《ななこ》か」

黒髪の少女……菜々子が、花が咲いたみたいに笑う。

「せんせぇ！」

感極まったのか、菜々子が俺に抱きついてくる。

押しつけられる乳房の大きさは……十年前とはまったく違っていた。

「……良かった！　覚えててくれたんですね！」

「あ、ああ……菜々子。でかくなったな、おまえ」

身長とか胸とか。

「にっしし、でしょ～。お姉Ｇカップですよ、Ｇカップぅ～」

「……こ、こらっあかりっ。よ、余計なこと言わないのっ」

顔を真っ赤《まっか》にして首を振る菜々子。

そうか……。あんな背が小さかった菜々子が、こんなに大きくなるなんて。随分とあの頃から、時間が経《た》っているんだなぁと改めて実感した。

「ちなみに、アタシはFカップなんで、あ、お姉がでかすぎるだけで、アタシもじゅーぶんおっぱいでっかいからそこんとこよろしく」

にひっと笑うその姿は、小学校の頃の彼女そのままだった。

男を誘うような言動も、あの頃のまま。俺は性的な興奮なんて覚えなかった。むしろ、教え子が昔のままであることに、安心を覚えていた。

「……あかり。おまえは、ませてるところはまったく変わらないな」

「人間そーそー変わらないって。おかりんもあの頃とまったく変わってないね」

おませさんな妹のあかり。

おしとやかな姉の菜々子。

俺が十年ぶりに再会した、元教え子達は体は成長すれど、中身はまったく変わらない姿だった。

それが、少し……いや、かなり嬉しかった。

★

二人をとりあえず家に入れることにした。

若い子をこんなところにずっと置いてたら、ご近所さんの間で変な噂《うわさ》がたつかもしれないからな。それに相手は他人とは言え元教え子。俺を訪ねてきた彼女らに、茶の一つも出さずに叩《たた》き返すのは、さすがに気が引けた。

「おまえら、よく俺がここ住んでるってわかったな」

少女達がソファに座る。

俺は……とりあえず飲み物でも用意するか。

「ふふん、名探偵あっかりんの力を舐《な》めてもらっちゃあ困るよ～」

「……すみません、単に、覚えてただけです」

「覚えてたって……ああ、そうか。大学の時から、同じマンションだったな」

大学卒業後、俺は住んでいたマンションをそのまま使っていた。

「だとしても、なんで知ってるんだ？」

「……そ、それは」

「おかりんバイト終わった後、塾のみんなでおかりんの家まで尾行しようって遊びしたことあってさ～。そんで覚えてたの」

「……知らなかった」

……普通に犯罪では？

いいやでも、子供のやったことだしな。

「……ご、ごめんなさいっ。悪いとは思ったんですけど……」

「なーに言ってるのお姉が一番、おかりんの家知りたがってたくせにぃ」

「……あ、あかりっ。ば、ばかぁ」

菜々子が妹の肩をぽかぽか叩く。

悪びれた様子もないあかり。

ああ、ほんと……十年前と何ら変わらない……。

大学時代に戻ったような気がする……。

「お、おかりんどったの？　泣いてる？」

「え？　あ、ああ……なんだろう、ちょっと……なんか懐かしくてついな」

冷蔵庫からコーラを取り出して、空いてるカップに注《そそ》ぎ、二人の元へ戻る。

菜々子は恐縮しきりで、ぺこぺこと頭を下げる。

「ほら、飲め」

「……すみません」

「てんきゅー♪」

あかりは普通に受け取り、菜々子は何度も頭を下げながら、俺からカップを受け取ろうとする。

ぴたっ。

「ひゃっ……！」

菜々子の手と俺の手が触れる。

その瞬間、彼女は顔を赤らめて、過剰に体を反応させる。

それが原因でコーラがこぼれる。

「やっば！　こぼしちゃった〜」

「大丈夫か？」

あかりのカーディガンと、菜々子のスカートにコーラがかかる。

「ん、だいじょーぶ。カーディガンと、シャツにほんのちょびっと掛かっただけ〜。それよりお姉はだいじょうぶ？」

「……う、うん。スカートにかかっただけ」

「そーりゃよかった。んも〜お姉ってばぁ、愛しのだーりんと手が触れただけで過剰反応とか、乙女か★」

「……ちち、ちがうよぉ！」

「とかいいつつぅ、お顔が真っ赤なのはなんでですかねぇ〜。うりうり」

「……うぅう」

……二人が平気そうでよかった。

「……ごめんなさい、せんせぇ」

「いや、別に。次気をつければ良いさ」

俺はつい昔の癖《くせ》で菜々子の頭を、なでる。

「……！」

「あ、悪い。つい昔の癖で……すまんな」

じわ……と菜々子が涙を浮かべる。

そして、またえぐえぐと泣き出してしまった。

「す、すまん！　いやだったか？」

「……ち、違うんです！　違うんです……ただ……安心して……」

それだけ言って、菜々子は泣き続けてしまう。

どうしたもんか……。

「おかりん、シャワーと着替えかしてくんない？　よごれちゃったからさ」

あかりが、すかさずフォローを入れる。

「あ、ああ。わかった。風呂場《ふろ》に案内するよ」

「ん。てんきゅー。ほらお姉、いこ？」

★

俺はふたりをシャワー室へ案内し、使い方を軽くレクチャー。

「ありがとおかりん♡　一緒に入るぅ～？　なんちって！」

金髪ギャル、妹のあかりが、にひひと笑ってシャツの胸元をぴらぴら見せる。

ちなみにこいつらはハーフなので、あかりの髪の色は天然ものだ。

「バカ言ってないでさっさと入れ。着替えは用意しとくから」

学習塾でバイトしてた時から、こいつらは知り合いだ。

つまり幼少期をよく知っている。

俺にとっては、久しぶりに再会した親戚の子供みたいな感覚だ。

「ちぇー。おかりんつまらないのー。もっと胸をときめかせていいんだぜ★」

「あとで着替え持ってくるから、先に入ってろ」

俺はひとり脱衣部屋を出る。……しかしさっき、姉の菜々子は、なぜ泣いたのだろうか。

安心してってていったけど……。

「ああ……そうか。俺と、一緒なのか」

昔の人が、記憶のとおりで……ホッとしたのだろう。

……でも、これで泣くと言うことは、俺と同様に、何か辛《つら》いことがあったのかもしれない。

十年ぶりの再会。この十年間に彼女たちに何があったのか、俺は知らない。

でも……女子高生二人が、ほとんど見知らぬ男の家に泊めて欲しいと言ってくる。

これは……異常事態だ。

「……何かが、あったんだろうな、あの子らに」

俺は彼女たちの着替えを用意するべく、寝室へ向かう。

浮気相手と妻の、不快な行為のあとがそのままにしてあって、不愉快だった。

とりあえず、衣類や避妊具やらは片端から燃えるゴミに突っ込む。

布団は……後で考えよう。とりあえずたたんでベランダに置いた。

あかりたちの着替えを脱衣所に置いて、部屋から出る。

ほどなくして、シャワーを浴びた二人がリビングへと帰ってきたのだが……。

「ぶー……」

俺のスウェットを着てるあかりが、不満げに頰《ほお》を膨らませていた。

「なんだその顔……？」

「おかりんさー、こういうときは、覗《のぞ》くもんでしょ！」

……またアホなことを言い出したぞ、こいつ。

「女子がお風呂に入ってる。そこに、ばったり鉢合わせる！　これラブコメの常識でしょうに。もー、おかりんってばわかってないなぁ～……って、どうしたの？　笑ってさ」

「いや、別に……ふふ……」

あかりのやつ、昔からこんな感じだった。聞きかじった知識を披露して、大人ぶっていたな。

「おかりん、もう一度お風呂シーンやりなおして！」

「バカ言ってないで座れ。服は洗濯してるから」

「へへっ。さーせん」

湯上がりの菜々子たちは、先ほどよりも艶っぽかった。

スウェットの膨らみにどうしても目が行きそうになるが、しかし相手は子供だ。

あまりそういう目で見てはいかん。

「おかりんって……去勢でもしてるの？」

「は……？」

「……あ、あかりっ。だめでしょっ、そんなこといっちゃー！」

姉が後ろからあかりを羽交い締めにする。

「もが……だって、風呂上がりのＪＫが！　目の前に居るんだよ？　しかもノーブラ！　こう……ムラムラとかしないわけっ？」

「……もうっ、もうっ、ばかー！」

「しかもお姉の胸を見てくださいよ、ブラ無しでまったく形が崩れない脅威のおっぱい」

「バカ言うな。子供相手に欲情なんてするわけないだろ」

「「ちぇー……」」

……あかりだけじゃなく、菜々子までがっかりしてるのはなんでだろうか。

「ところでおかりん、洗濯機、動いてないみたいだけど？」

「え⁉　……マジか」

俺は慌てて脱衣所へ行く。

ぴぴぴぴ、と謎《なぞ》の音を出してとまっていた。

コンセントを差し直しても、戻らない。

「ありゃん、壊れた？」

「……すまん、そーみたいだ」

「んんー。これは困りましたなぁ～」

にやにや、とあかりが笑いながら言う。

「着て帰るものがない状況。これは帰るに帰れないですなぁ。修理屋さん、こんな夜にやってないでしょうしぃ〜」

……こいつ。

まあでも、こいつの言うとおりでもある。

「……あ、あかりちゃんっ。ごめんなさい、近くのコインランドリー、使わせてもらいます」

「あー！　お姉だまってればいいのにー！　このまま流れで泊めてもらえると思ったのに！」

……あかりは気づいてた様子。そういえばそうか……。

「で、でもでも、オジサンはいいのかなー？　女子高生の着替えを持ってコインランドリーに行くなんて、外の人から見たら怪しまれ……」

「わかった。泊めるよ」

「「え……？」」

あかりと菜々子が、二人揃《そろ》って目を丸くする。……言って、俺自身も少し驚いていた。でもなんで驚いてるのか、わからなかった。

「「い、いいのっ⁉」」

「ああ……。ただし、今日だけな」

ふたりは目を見合わせると、喜色満面となって、抱き合う。

「やったー！　やった！　お姉やったね！」

「……うん、よかったぁ」

……正直、どうして泊めるなんて言ってしまったのか。自分でも戸惑っている。でも言ってしまった以上、それを反故《ほご》にはできなかった。

「んじゃアタシ、ご飯作ってあげる～」

「料理できるのかおまえ？」

「もっちろん！　あ、お姉は残念だけど料理ちょー下手です」

「……あかりっ。よけいなことをっ」

「だから料理の代わりに体でごほーししちゃう～♡　なーんてねぇ♡」

「…………」

「え、冗談だよお姉、顔あかくしちゃってどーしたの？　ん～？」

★

夕飯を食べたあと、俺たちは寝ることにした。俺は暗い寝室で一人、ベッドにあおむけになりながら、今日のことを振り返る。

「怒涛《どとう》の急展開だったな……」

妻の浮気が判明したその日に、見知らぬＪＫが家を訪ねてきて、元教え子だと判明した。

こんなにたくさんのことが、一日のうちに起きたのなんて、いつぶりだろう。正直展開が早すぎて、ドラマでも見てるような気持ちになっていた。

「………」

しかしこうして夜、一人になって冷静になり、ここが現実なんだと改めて実感する。

ミサエが浮気し、家を出ていったのは事実だ。……これについては、まあしょうがないかなって気持ちになった。ここ最近、俺たちの関係は冷え切っていた。多分ミサエは俺への興味を失っていたのだろう。元々、美人のミサエとさえない俺とでは、釣り合わなかったんだ。今からミサエの心を変えることも、できないだろうからな……。

ミサエについては放置だ。どうにもならないし。問題は、あのＪＫたちだ。

「あいつら……なんでうちに来たんだろうか」

あかりたちは元教え子とはいえ、そんなに長い期間一緒に居たわけではない。ほぼ、他人だ。見ず知らずに近い二人が、親戚等ではなく、俺にこうまでして頼み込んできたのだ。ただならぬ理由があったのだろう。

あいつらには申し訳ないが、他人である俺にとっては、あいつらは厄介ごとの種と言えた。世間ではパパ活って概念が広まりつつあるし、今回のことで妙な噂が立つかもしれない。二人を泊めることは、かなりリスクが高いことであるのは、誰の目から見ても明らかだ。

「……それでも」

俺は、あいつらを泊めてしまった。いったいどうしてだろうか？

「………」

二人を家に上げてからのことを振り返る。きゃあきゃあと姦しい二人。風呂から上がった後、あかりが美味《うま》い飯を作ってくれた。食事の間中、ずうっとあかりはしゃべっていたな。その後、菜々子は率先して食器を洗ってくれた……。

もし二人がいなかったら、俺はまだ沈んだままだっただろう。つまり……。

「……ああ、そっか。俺……人恋しかったのかな。相当」

ミサエのことはしょうがない、と言いつつも、がっつり傷ついてたわけだ。俺が、自覚してないだけで、無意識に、この傷をいやしてくれる何かを求めていたわけだ。だから、普段ならこんなリスクの高いこと絶対にやらない俺が、あかりたちを泊めるなんていう暴挙に出たのだろう。

「…………こんなこと、これきりだ。あいつらを泊めるのは、今日だけ……」

だがまさか、この日から、二人と同居することになるとは……。

第二章■ＪＫを泊めた朝

ＪＫ達が一泊した、翌朝。

俺《おれ》が着替えてリビングへ行くと……美味《うま》そうな朝食がテーブルに並んでいた。

「あ、おかりんおはよ～♡」

「あかり……」

制服にエプロン姿のあかりがそこにいた。

「あれおまえ、制服どうしたんだよ？　コーラで汚れたはずじゃ……」

「蹴《け》っ飛《と》ばしたら、洗濯機動きましたぜ！」

なるほど、それで制服を洗ったわけか。うちのは最新のドラム式洗濯機だから、乾燥までできる。

「それより見てよ！　あかりちゃんの朝ごはん！」

フレンチトーストにミネストローネ。

サラダにハムエッグ等々……。朝からすごい豪勢な食事が並んでいた。

昨日の夕飯といい、ほんと……うまそうだ。

そういえばあかりは、昔からお菓子とか料理とか作るのが上手だったからな。

よく作って塾に……というか俺に持ってきていたな。

「おかりんだめじゃん、冷蔵庫の中なんもなかったよー。おかげですっぴんでマイバスケットいく羽目になっちゃったじゃーん」

「え、あ、そうなのか……」

「そうなのかって……奥さん……あー……料理もしかして……」

あかりが何かを察したような表情になる。

妻のミサエは、もともと料理があまり得意ではなかった。

それでも結婚当初は作ってくれたんだけど、最近になってまったく食事を作ってくれなくなった。

「ほんとサイアクだね、あのババア。旦那さんに料理も作らない、浮気《うわき》はする。まじさいてー。妻として、というか人間として終わってるね」

んべ、っとあかりが舌を出す。

同情してくれたのが嬉《うれ》しくもあり……いやまて？

「おい、なんでミサエが浮気したこと知ってるんだよ？」

「んー……まあ、ちょっちね。あはは！　それよりほら、ごはん食べてほらっ」

あかりの発言が気にはなったものの、話してくれそうにないのでスルーしておくか。

……朝食は、メチャクチャ美味かった。

フレンチトースト、なんかこう……じゅわ……とバターとミルクの味が広がる。

塩味のきいたハムエッグと食べることで、甘みがさらに引き立つ。

「ほいよ、おかりんコーヒー。アイスで、甘みなし、ミルク多めね」

あかりが机の上に、コーヒーカップを置く。

「……おまえ、よく覚えてたな」

塾で、俺はよくコーヒーを買って飲んでいた。

あかりはそれを覚えていたんだ。

「あたりまえじゃん、大好きな人のことは、何でも覚えてるよ」

……ミサエは覚えててくれなかったな。

コーヒーを頼んでも、適当にインスタントの、熱いコーヒーを出してきた。

「朝は冷たいコーヒーが良いって……何度も言ったんだけどな」

好きな人のことなら覚えてる。

なら、ミサエが俺の好みを覚えててくれなかったのは……好きじゃなかったからなのかな。

「おかりん。そんな暗い顔しちゃだめだよ」

正面に座るあかりが、両手を伸ばして、俺の頬《ほお》を包む。

口の端を、親指でぐいぐい、とつり上げる。

「あんなバカ女のせいで、おかりんが辛《つら》い思いする必要ないよ。だって悪いのは一〇〇%向こうで、おかりんは何一つ間違っちゃいないもん。もう忘れよ？　あんなやつ……ね？」

……あかりが、朝のように温かな笑みを浮かべる。

美しい笑顔だ。見てるだけで、心の靄《もや》が晴れていくようだ。

「……だな。俺悪くないし」

「そーだよ！　悪いのはあのバカ妻！　忘れて次の恋に進もうぜ！　たとえばアタシとかお得ですよ～？　にしし、どうだいお姉とセットでぇ～？」

からかうような笑みを浮かべてるあかり。彼女は傷心の俺を慰めてくれているのだろう。

子供の頃から変わらない明るさと、優しさが、傷ついた俺の心に染み渡る。

「まったく、調子のんな」

俺はあかりの額をつつく。

向こうも冗談で言っていたらしく、クスクスと笑ってくれた。

……なんだろう。

俺、結構引きずるタイプなんだが、今は心が幾分軽い気がする。

「お姉はまだ寝てるのか！　んもー！　低血圧なんだから！　起こしてくる！」

「あ、待った。俺もう仕事に出るから」

「ほえ？　きょ、今日……土曜日だよ？　仕事って……」

「……編集者に、土日は関係ないんだよ」

「OH……ブラック企業……」

「俺だけじゃなくて、土日出勤はうちでは当たり前なの」

「えーおかしいよ。おかりん会社員なのに、土日休みないなんて変。やめちゃえそんなとこ」

「いや…………………そうだな」

正直、これから出社するのがとても気が重い。

なぜなら、職場には木曽川《きそがわ》、妻の浮気相手が居るからだ。

仕事に私情を挟むのはどうかと思うが、顔を合わせたくない相手ではある。

……部署異動を願い出るか、あるいは、転職でもするかな。

「おーかりん」

「え……？」

ちゅっ……♡

……気づくと、あかりの顔がすぐ近くにあった。

俺の頰に……あかりがキスをしたのだと、遅まきながら気づいた。

「げ、元気が出るおまじないさっ」

「あ、ああ……」

「いってらっしゃい♡」

あかりは顔を、首の付け根まで真っ赤《まか》にしていた。

笑顔ではあったのだが、次第に恥ずかしくなったのか、キッチンへと引っ込んでいった。

「………」

恥ずかしい思いをしてまで、俺を元気づけてくれたのか。

……相変わらず、派手な見た目に反して、気遣い上手だなあいつは。

「いってきます。早めに帰るから……それまでちょっと待っててくれ」

「あいよー！　いってらー！」

……俺は靴を履《は》いて、玄関を出ようとする。

「せん……しぇー……」

寝室から、すごい眠そうな顔をした姉……菜々子《ななこ》が出てくる。

「いってら……ふぁーい……」

……いってらっしゃい、か。

ひさしく、言われてなかったな。

「ああ、いってきます」

仕事へ行くときの足取りは、いつも重い。

けれど今日はすんなり玄関を出て、そして階段をたんたんと軽い調子で降りることができた。

こんなこと、結婚してからまったくなかった。

「………」

ふと、俺は家を出てから、鍵をかけずに出てきたことに気づく。昨晩はあいつらのこと、他人とか言っていた俺が、である。

他人を家に置いて、仕事に出るなんてこれもまた、ありえないこと。でも……俺は引き返さなかった。あいつらは人のものを盗んで出ていくやつじゃないし。それに……多分、彼女らに出ていって欲しくないって、俺が思ってるから……。

「なんてな。まあ、帰ったら親御さんに連絡して、引き取ってもらおう」

と、この時は思っていた。

★

俺が所属している会社は、タカナワという大きな出版社だ。

そこのＴＡＫＡＮＡＷＡブックスが、俺の所属するレーベル。

主にライトノベルを扱っており、近年では映画アニメにもなり、社会現象を起こした『デジタルマスターズ』、通称『デジマス』を出している。

『デジマス』の作者にして超人気作家である、カミマツ先生。そしてデビュー以来全《すべ》てのシリーズがアニメ化、『灼眼《しゃくがん》の処刑少女グリム・ガル』をはじめ、今なお『デジマス』に勝るとも劣らない多数の人気シリーズを抱える天才、白馬王子《はくばおうじ》先生を抱える。

ラノベ業界でもトップのレーベルに所属している……のだが。

「岡谷《おかや》くん、悪いけど、ＴＡＫＡＮＡＷＡブックスのレーベルを辞めて欲しいの」

……俺の前に居るのは、編集長。十二兼《じゅうにかね》さん。

三十四歳で、編集長の座まで上り詰めた、ベテラン女性編集者だ。

黒髪をポニーテールにしている。

鋭い目つきと眼鏡《めがね》が、彼女にクールな印象を与える。

「辞めて欲しいって……どうして急にそうなるんですか？」

朝出勤してすぐ、俺は編集長である十二兼さんに呼び出しを食らった。

小会議室で、こうして向かい合っている。

「簡単よ。あなたが、不倫してるってウワサが、編集部に流れているの」

「は……？　お、俺が不倫？　どうしてそうなるんですか……？」

根も葉もないウワサだった。

というか、不倫されたのは俺なんだが……。

「落ち着きなさい。あなた確か結婚してたわね。なのにうちのレーベルの子の、恋人と不倫してたんでしょ？」

「違います。……誰《だれ》ですか、そんなデタラメいったのは？」

「木曽川くんよ」

……全て、合点がいった。木曽川。俺の妻ミサエの、不倫相手。

あいつは……自己保身に走ったんだ。

自分が、同じ職場の男の妻と不倫していた、となれば、職場に居づらくなる。

だからやつは、先手を打ったのだ。

……タイミングの悪いことに、俺は昨日朝帰りだ。

入れ違いに木曽川は出勤し、そのまま十二兼さんに、デマを吹き込んだのだろう。

「あいつが嘘《うそ》をついてるって、どうして思わないんですか？」

「思わないわ。木曽川くんは嘘を言うような子じゃないもの」

「…………」

俺は悲しかった。

不倫するようなやつ、と思われていたことがではない。

……俺の言葉より、木曽川の言葉の方を信用していることが……だ。

確かに、木曽川は十二兼さんと仲が良かったからな。

長くこの編集部に勤めて、たくさん貢献してきた無愛想な部下よりも、若くてもコミュニケーション上手な部下のほうが……上はいいと判断したのだろう。

「……潮時か」

「え？」

「いや……なんでもありません。わかりました。俺、辞めます。この会社」

十二兼さんは目を丸くする。

「か、会社を辞める……？」

「はい。ちょうどいいでしょう？　出て行って欲しいって言ったのはあなたですよ？」

「い、いや……ＴＡＫＡＮＡＷＡブックスのレーベルを出て行けばいいだけで、別に会社を辞めるまではしなくていいのよ？」

「構いません。辞めます。失礼します」

……弁解なんてしなかった。アホらしくて。

木曽川も、十二兼さん……いや、十二兼も、結局俺を下に見ているんだ。

会議室を出てため息をつく。

廊下を歩いていると、観葉植物がおいてあった。

会社の、読者のためになるように、俺は一生懸命に働いた。

でも結局は上司に気に入られなかったせいでクビになった。

俺の努力はなんだったんだ……。

「………」

「くそっ！」

……腹立たしくて、俺は鉢植えを蹴る。

どさっ、と倒れた鉢植えを……誰かが、元に戻す。

「こらこら、植物が可哀想《かわいそう》じゃないか」

「上松《あげまつ》、副編集長……」

そこにいたのは、柔和な笑みを浮かべる、眼鏡の男だ。

上松庄司《しょうじ》。うちのレーベルの、副編集長……つまり二番目に偉い人だ。

誰に対しても物腰柔らかく、また困っていると気さくに話しかけてくる、とてもいい人である。

「やぁ。岡谷くん。少し話さないかい？」

★

俺たちは会社の屋上へとやってきていた。

俺は副編集長に、全てを打ち明けた。

「そっか……なるほど。道理でおかしな話だと思ったんだよ」

副編集長はため息をつく。

「真面目《まじめ》な君が不倫なんてするわけがない。って、ぼくも十二兼くんに言ったのだけどね。無視されちゃった。こんなオジサンの言うことは聞いてくれないんだろうね」

副編集長は苦笑しながら言う。

彼の方が十二兼より年上なのに、あいつより地位が下。

十二兼は常々、上松さんを馬鹿《ばか》にしていた。

「……副編集長は、俺が不倫してないって、信じてくれるんですか？」

「もちろん。君はそういう人間じゃない。見ていればわかる」

彼は微笑《ほほえ》むと、俺の肩を叩《たた》く。

「いつも遅くまで残って、誰よりもたくさん働いて、うちに貢献してくれている。君はずっと誰にどう思われようと、このＴＡＫＡＮＡＷＡブックスを支えてくれていた。そんな真面目な君が不倫するわけがない」

「…………」

十二兼と違って、この人はちゃんと、俺という個人を見てくれていた。

「……うれしい、です」

ぽたぽた……と涙が落ちる。

ちゃんと……わかってくれる、認めてくれる人が、いたんだ。

「ぼくの方から、レーベル移籍を取りやめるように、上にかけあおうか？」

「……いえ、会社、やめるって言いました」

「や、やめるのかい？」

「……はい。もう、ここに居たくなくて」

木曽川とも、十二兼とも、顔を合わせたくなかった。

同じ会社に居ることすら、嫌だった。

「そうか……ねえ、岡谷くん。もしよければなんだけど……」

副編集長が真面目な顔で言う。

「ぼくと一緒に、新しいレーベル、立ち上げない？」

「あ、新しいレーベルの、立ち上げ……？」

「うん。近々ここ辞めて、新しいライトノベルのレーベルをはじめようと思ってるんだ」

「こ、この時期に……新規レーベルを？」

無謀すぎる……。

ラノベは飽和状態だ。

新規レーベルを立ち上げても、うまくいく保証はどこにもない。

……というか、潰《つぶ》れる可能性の方が高い。

「大きな出版社だと、できない事って多いからさ。たとえば、なろうとかで低ポイントの作品って、あまりここじゃ出してもらえないだろ？」

なろうとは、小説家になろうのこと。

あそこはポイント評価というものが存在する。

高いポイントだとそれだけ評価が高い＝売れる、ということで、人気作品には多くのレーベルが打診をしている。

そして、低ポイントの作品には、なかなか声を掛けられない。

うちは特にそうだ。

「ポイントが低くても面白《おもしろ》い作品はある。それが日の目を見ずに消えてくのが、ぼくは嫌なんだ。でもここじゃ出すのが難しい。そこで……ぼくは新しいレーベルを作って、埋《うず》もれた才能の活躍の場を用意してあげたいんだ」

……副編集長の理念に、俺は感動した。

必ずしも、表で派手に輝いているものだけが、いいものじゃない。

ちゃんと、見えないけれど、頑張っているものだってあるんだ。

……俺は、自分と、そういう作品群とを、重ねていた。

「それにここのやり方にも不満があってね。土日出勤は当然、朝帰りは当たり前なんて、おかしいだろう？　ぼくらは会社員なんだよ？　朝起きて、夜に帰るのが当然だと思わないかい？」

……あかりに、家を出る前にも指摘された。

そうだよ、おかしいよな……。

「ぼくは作家も、そして、編集も、笑っていられるようなレーベルが作りたいんだ」

すっ……と副編集長が手を差し伸べてくる。

「君にも協力して欲しい。一緒にやらないかい？」

……俺は、タカナワを辞めた。

それは、ここの編集長・十二兼や、社員である木曽川に不満を覚えただけではない。

やり方や、働き方にだって、不満はあった。

……俺は、十二兼よりも、俺のことをわかってくれる、上松副編集長に、ついていきたい。

「是非、お願いします」

俺は副編集長……いや、上松さんの手を取る。

こうして俺は、会社を辞めたその日のうちに、再就職が決定したのだった。

★

詳しい打ち合わせを、上松さんと近くのカフェでおこなった。

現在の時刻は二十一時を少し回ったくらい。

俺は自宅のマンションまで帰ってきた。

「疲れた……」

俺はいつものくせで、寝室へと直行する。

事後処理やら荷物整理やらで忙しかったからな。

それでも家に帰る時間が、いつもより早いんだから、前の環境がいかにクソだったのかがうかがえる。朝帰りなんてザラだった。

「寝るか……」

俺はふらふらと歩きながら、寝室へ行く。

服を着替えることもなく、そのままベッドに倒れ込む……。

ふにゅ……♡

「え？　柔らけえ……なん……だ…………」

……そこには、黒髪の女子高生が、眠っていた。

「んぅ……♡　すぅ……♡　せんせぇ～……♡」

双子の姉、菜々子だ。なぜ菜々子がここにいるんだ……？

俺のベッドだって知らなかった……？

あ、いや今朝《けさ》は別の部屋で寝てたし……。

「ん～……♡　せんせー……♡」

きゅっ、と菜々子が俺の体に抱きついてくる。

ふにゅりと大きく、そして柔らかな感触が胸板に当たった。

……そこで気づいた。菜々子は、シャツを胸に抱いて、横になっていたのだ。

一体なにをしてたんだ、菜々子は……？

と、困惑していたそのときである。

「あれー、おかりん帰ってるー……」

「あ、あかり……？」

双子妹の、金髪ギャルのあかり。

スカートにシャツ、そしてその上からエプロンという姿。

彼女の青い瞳《ひとみ》が、俺と菜々子を見て、ぱちくりと見開かれる。

だが次の瞬間、にんまりと笑った。

「おっけー。おかりん、理解したよ」

「待て。おまえは重大な勘違いをしている」

「いいっていいって、じゃごゆっくりー」

「だから待てと言ってるだろうが」

その騒ぎを聞いて、菜々子がようやく目を覚ます。

「……んもぉ、あかりちゃん……うるさいよぉー……」

幼児のように菜々子がぐずる。

そういえば姉は低血圧で、寝起きがすごい悪いのだ。

「お姉、大変だ。おかりん帰ってきたよ。お姉がベッドで寝てたのバレてますぜ？」

眠たげだった菜々子が、一発で目を覚ます。

顔を一瞬で真っ赤に染めて、俺を見て……さらに赤くする。

「ちちち、違うんです違うんです！　これは違うんです！」

ぶんぶんぶん！　と強く首を振る菜々子。

「お姉ってばもしやおかりんベッドでいやらしーことを～？」

俺はあかりの頭に軽くチョップする。

「掃除してくれてたんだろう？　ありがとな」

近くに掃除機が置いてあった。

また、シーツも新しいものに変えられてるのがわかった。だからまあ、掃除の途中で眠くなってしまって、ベッドに横になってたんだろうって思った。シャツを抱いて寝てた理由はわからんが。

「あんま菜々子をからかうな」

「てへへ★　さーせーん」

★

ほどなくして、俺たちはリビングへとやってきた。

「すごいな……これ……」

「どう？　見違えたでしょー、このリビング」

そこには、整理整頓がされたリビングが広がっている。

床にものは一切《いっさい》置かれてない。

部屋の隅に置かれていた洗濯物も、綺麗《きれい》に折りたたまれている。

フローリングは、ピカピカに輝いている。これは、ワックスかけたのか……？

「これ、誰がやったんだよ？」

「アタシとお姉！」

「……ご、ごめんなさいせんせー」

姉の菜々子が、申し訳なさそうにしてる。

「……わたし、止めたんです。せんせぇの家、勝手に色々漁《あさ》っちゃダメだって」

「んもー。お姉ってば遠慮しすぎ。掃除道具くらい使ってもいいでしょ。洗濯物だってあのままじゃシワになっちゃうし、ね？　別にいいよね？」

「あ、ああ……というか、ありがとうな」

「なんのなんの。お礼はごほーびのちゅーで許しちゃる♡」

「調子乗るな」

つん、とあかりの額をつつく。

んふふ♡　と彼女は嬉しそうに笑った。

「……あかりっ。もう……ほんとこの子は……ごめんなさい、妹が、色々失礼しちゃって」

「いや、いいって。あかりの言うとおり、そんな遠慮しすぎることないよ」

「そーそー、お姉は堅いなぁ」

ケラケラ笑う妹。

一方で、はぁ……と姉はため息をつく。

「あかりんすごいっしょ？　おかりんが帰ってくる間に、掃除、洗濯、お料理まで作ってたんだから」

「え？　料理？」

「そー。お夕飯。ちょっちまってねー」

ぱたぱた、とあかりがリビングへ向かう。

冷蔵庫を我が物顔で漁る。

「あの……せんせぇ。本当に色々、無断で勝手に色々して……ごめんなさい……」

妹が居なくなったタイミングで、菜々子が深々頭を下げる。

「あの子……悪気があってやったんじゃないんです。全部、せんせぇのためを思って掃除とか、やったんです。だから、どうか不快に思わないでください」

……奔放な妹のかわりに、姉が頭を下げる。

ああそうだ、そういう子達だったな。

十年前、塾にいたときもそうだった。

「なあ、別にそこまでかしこまらないでいいぞ」

「え……？」

「そりゃ、全くの知らない相手なら、怒るよ。けどお前達は元とは言え教え子なんだ」

俺は菜々子の頭をなでる。

「お前達のことはよく知ってる。だから……遠慮すんなって。そんなに」

「せんせぇ……」

しまった、また昔の癖で頭をなでてしまった。

あの頃は、菜々子は何かあるたびに、頭なでてとねだってきたのである。

「すまん……」

「……いえ、もっと……お願いします」

さらさらの黒髪を俺がなでる。

彼女はふにゃふにゃ、と蕩《とろ》けた笑みを浮かべる。

「ちょいちょーい、あかりんがお夕飯の準備中に、堂々と浮気ですかーコノヤロー」

はぁ〜とあかりがため息をつく。

「「浮気じゃない（よ！）」」

「はーお熱いこって。さ、おかりん、お姉も座った座った！」

テーブルの上には、それはもう、見事な夕飯が並んでいた。

ビーフシチューにバゲット、ミニグラタンなど……。

どこの洋食屋だよって、レベルの夕飯。

「はー、おなかペコちゃんだよ」

「おまえら、飯食ってなかったのか？　この時間になるまで」

「……ええ」「あったりまえじゃーん」

さも当然、とばかりに二人がうなずく。

「……ふたりで待ってたんです。せんせぇが、帰ってくるの」

「一緒に食べよーってね。そしたらお姉待ちくたびれておかりんのお部屋でおな……もごもご」

菜々子が妹の口を必死に押さえる。

……というか、どうしてだ？

「なんで俺を待ってるんだよ？　遠慮したからか？」

「ちっがーう！　なんでわからないかなぁ？」

ぷくー、とあかりが頬を膨らませる。

「おかりんと、食べたかったんだもん。ね？」

「……はい。せんせぇと一緒が、いいんです」

……こんなこと、結婚以来初めてだ。

妻のミサエが、俺に飯を用意してくれてたこともなければ、一緒に食べようと言ってくれたこともなかった。

「ほんっとあのバカ女、さいてーだよね。旦那が疲れて帰ってきてるんだよ？　ご飯用意してあげるのが当然じゃんね？」

「……ええ。私も、そう思います。せんせぇが外で必死になって働いて、ヘトヘトになって帰ってきているのに……妻の役割も果たさず、あまつさえ浮気するなんて。許せません」

控えめな菜々子にしては珍しく、怒りをあらわにしてくれていた。

……俺のために、か。

俺のために飯を作っててくれて、俺のために帰りを待っててくれて……俺のために、怒ってくれる。

こんな優しい子と一緒に居るだけで、俺は心が洗われる思いがした。

「ありがとな、二人とも」

ふたりが俺に笑顔を向ける。

姉妹は、まったく性格が似てないのに、笑った顔はそっくりだった。

その無垢《むく》なる笑顔を見ているだけで、俺は一日の嫌な気分が吹っ飛んだ。

「そんじゃおかりん、お姉も……いただきますっ」

「「いただきます」」

★

俺は双子と、自宅で遅い夕飯を食べていた。

ビーフシチューを一口する……。

「美味《おい》しい……」

「でしょ～♡」

ニコニコしながら俺を見てくるのは、金髪のギャル、妹のあかりだ。

レストランのものより遥《はる》かに美味い。

牛肉は少しかんだだけで、ほろほろと崩れる。

スープは濃厚で、それでいてしつこくない。

「なんでこんな美味いんだ？」

「そりゃー……おかりんへの愛情たーっぷり入れたからね♡」

「愛情って……」

この子がどこまで本気で言っているのかわからん。

俺は大学生の時、こいつらを学習塾で教えていたことがあった。

当時あかりたちは小学生。

そのときからあかりは、俺に好き好き言っていた。

なんかそのノリなんだよな。

「あー！　その顔……冗談だと思ってるでしょ。本気だよ？　本気でおかりんのお嫁さんになるためだけに、料理とか一生懸命べんきょーしたんです！　えっへんどうだ！」

胸を張ると、大きな乳房がぶるんと揺れる。

体は成長しても、言動が小学生のままだ。

懐かしい……。

「あー……こりゃあかん。おかりんアタシたちのこと、完全に教え子の視点で見てる……こりゃー先が長いぞ。がんばろお姉！」

「ふぇ……？　もぐもぐ……？」

……一方で、黒髪清楚《せいそ》な美少女、姉の菜々子はというと……。

頬をリスみたいに膨らませもむもむとご飯を食べていた。

「はふはふ……んくっ……はぁ……。えと、ごめんなさい、なんですか？」

「お姉ぇ……ダメな子……」

「え？　え？　な、なに……どうしたのあかり？」

菜々子も、小学生の頃と変わらないな。

お姉さんだけど、普段はぽやんとしている……ふふ……。

「ほらぁ、お姉のせいで、おかりんのアタシらを見る目が保護者ですよ完全にー！　かー、お姉はダメだなぁ」

「うう……ごめんねぇ……」

「ま、ゆるそう。お姉だから特別さっ」

「えと……ありがとう？」

へへっ、と妹が笑うと、姉は微笑む。

昔から仲が良いんだよなふたりは。

「ところでおかりん、これからのことなんだけどさー」

あかりが、おかわりのビーフシチューをそそいで、姉に手渡す。

「これからどーすんの。あのバカ妻のこと」

デリケートな話題だったが、俺は素直に答えることにする。あかりにはうまい飯を作ってもらったしな。それに……今は誰かとしゃべってるほうが、気がまぎれる。

「ああ、別れるよ、もちろん」

「「よっしゃぁ！」」

ぐっ……！　とあかりがガッツポーズ。

けど菜々子までするとは意外だった。

「離婚届をすみやかに書いて提出したいと思ってる。ミサエ……妻には一度会って話そうって、今朝からラインは何度も送ってる」

「……返事は、どうなんですか？」

「全部既読スルーされてる」

「……さいてーです。自分が浮気したくせに！」

「ほんとだよねー。信じられないよ。妻としてって言うか、人間として終わってると思う。別れて正解！」

ぐっ、とあかりが親指を立てる。

そしてなぜか、菜々子も親指を立てる。なんでだ？

「……慰謝料とか、どうするんですか？　浮気されたんですから、もらって当然かと」

「それはいい。金の関係はこじれて長引くから、慰謝料はもらわないことにする」

俺はもう、一刻も早くあいつとは縁を切りたいんだ。

「まー、おかりん大企業に勤めてるし、慰謝料なんてはした金、いらないもんねー」

「辞めたぞ」

「「ふぁ……⁉　や、辞めた⁉」」

「すぐ再就職先は決まったがな」

「「どゆことー⁉」」

俺は今朝の経緯を話す。

クビになったが、知り合いに誘われて、新しい会社に再就職したと。

「金にはかなり余裕がある。さすがに前の会社ほど給料はでないだろうが、それでも、かなりの額は次の会社でももらえるよ」

再就職にあたっての条件は、すでに上松さんと話し合ってきている。

「安心しておかりん。家計は、この幼妻二号がしっかり支えるから！」

「いやそんな必要はない。あと二号ってなんだ？　一号は？」

「……わ、私が……幼妻一号、です！　その……せ、節約、がんばりますっ。あ、あと……よ、夜の方ももにょもにょ……」

顔を真っ赤にして、菜々子がうつむく。……どうやら、ここに居座るつもりのあかりたち。やっぱり、家に帰りたくない、あるいは、帰れない事情があるようだ。……いずれにしても、その辺ちゃんと確認しておかないといけない。

「それより俺からも話がある。そろそろお前らの話をしたい」

「アタシたちのこと？　結婚の日取り？」

「アホか。おまえら、どうして家を出たんだよ……？　親が心配してるんじゃないのか？」

最初、問答無用で親に来てもらおうと思った。この子らの連絡先を調べるあてはあるからな。直接親に電話して、双子を連れて帰ってもらうこともできた。

が、俺はそうしたくなかった。この子たちは元教え子だし、それに家のことをいろいろしてもらった恩義もある。だから、この子らの意思を無視して、親に強制的に連れて帰ってもらうのはやめた。少なくとも、話は聞いてやるべきだと思ったのだ。

「……心配なんて、するわけないじゃん。あいつが」

あかりが小さくつぶやく。……その声には明確な怒気が含まれていた。実の親を思ってしていい、顔じゃなかった。

一方、菜々子は震えていた。

「……帰りたく、ないです。あの家には、もう……」

目に涙をためてうつむく菜々子。演技ではなく、本当におびえていた。

二人の様子から、元居た場所は、帰るべき家ではなくなっていることがうかがえた。

「おいそれって……警察とか児童相談所に、相談するべき案件じゃないか？」

「無理！　どっちも、力になってくれなかったもん」

……過去形。つまり、俺のところへ来る前に、相談したことがあった。でも、解決しなかった、ということか。相当、問題の根は深そうだ。

「おじいちゃんもおばあちゃんも死んじゃってもういないし。親戚も、話をまともに聞いちゃくれないし……」

「……もう、せんせぇしか、頼れる大人の人、いないんです」

……どうやら問題の根っこは、そうとう深いようだ。彼女らも、遊びでここに来たわけじゃない。本気で、ここ以外に逃げる場所がない状況に置かれてるんだ。

「…………」

深い事情を聴いて、俺の心に湧《わ》き上がってきたのは、彼女らの力になりたい、という気持ちだった。

……単純な話だ。単なる教え子と元バイト講師の間柄でしかない二人が、俺の愚痴を聞いて、共感してくれた。俺の傷ついた心を、癒《いや》してくれた。俺のために、力になってくれたのだ。

だから、今度は俺が力になりたい。

……問題の根っこが深かろうと、きちんと二人は親と話し合うべきだ。その意見は変わらない。

でも……無理強いはしない。少なくとも彼女らは今、親と向き合う気はさらさらない状態にあるのだから。

親と向き合う決意ができる、そのときまで、置いてあげるくらいのことは、してあげよう。

「…………」

女子高生と、同じ家に住む。ともすれば、犯罪者扱いされるようなことだろう。妻と別れてすぐに若い子と同居しだしたと広まれば、世間からの風当たりも強くなるに違いない。ご近所からも、妙なウワサが立つだろう。

だが……それでも……。

行き場をなくしている彼女たちに、手を差し伸べたいと思った。妻に浮気され、傷付いて、本当ならすごい落ち込んでしまっているだろう俺を……。彼女たちは、癒してくれた。料理を作ってくれた。そんな優しい彼女《こども》たちを、ほうっておけるか？　断じて否だ。

「わかったよ。しばらくここに居ていい」

「「ッ……！」」

ふたりの目が、大きく見開かれる。

……よく見れば、震えてるじゃないか。菜々子も、あかりも。

不安だったんだ。俺に断られるかもって思って。

「……いいん、ですか？」

菜々子が恐る恐る聞いてくる。

「……私たち、未成年です。一緒に住むとなると、金銭的な負担をあなたにどうしてもかけてしまいます」

「アホか。子供に心配されるほど、金に困っていないよ」

ほんと、気遣いの鬼だな、この姉は。

俺は菜々子の頭をなでる。

「生活費とか、全然気にしなくていい。生活必需品は、今度の休みにでも買いに行こうか」

「ほんとっ？　いいのっ？」

あかりが、晴れやかな表情を浮かべる。

「……わ、悪いです……よ。ただでさえ迷惑かけるのに……」

「迷惑だなんて一ミリも思ってない。そこは勘違いするな。おまえも、あかりみたいにノー天気に構えてりゃいい」

「あ、おかりんひっでー。ちゅーしちゃうぞっ」

「いやなんでだよ」

俺たちのやりとりを見て、菜々子がおかしそうに笑う。

良かった、肩の力を抜いてくれたみたいだ。

「よかったー！　これで心置きなく、おかりんと同棲《どうせい》生活スタートだよ！」

「待て待て。おまえら、学校どうするんだよ？」

「おかりーん？　世間では今、テスト期間中なんですぜー？」

今は七月。

なるほど、たしかに期末テスト終わったあたりか。

「まもなく夏休みになるしー、しばらくは学校の心配なっしんぐ！」

「……私たちの通ってる高校は、ここから電車ですぐです。学校が始まるまで時間もありますし、大丈夫です」

「学費は？」

「……それも、問題ありません」

……親元を出たのに、学費は問題ない……か。

これは、そうとう、家庭環境がこじれてるんだろうな。

「わかった。これ以上の深い詮索はしない」

「……ありがとう、ございます」

「ただし、親とは話させてくれ。さすがに親の許可なく、おまえらを置いておくことはできない」

犯罪になってしまうからな。

二人はすごいいやそうだった。けど、菜々子が「わかりました」と了承する。

かくして、俺は双子達と同居することになったのだった。

間章 ■ あかりちゃん、頑張る

《あかりSide》

岡谷光彦《おかやみつひこ》のもとへ転がり込んだ少女、伊那《いな》あかり。

同居することになった翌日、あかりは目を覚ます。

「ん……ふぁあ……」

岡谷家のリビングにて、彼女は体を起こす。家にあった予備の布団《ふとん》を使わせてもらっているのだ。

一方……姉の菜々子《ななこ》はというと……。

「すぅー……むにゃあ～……しぇんしぇえ……♡　しゅきぃ～……♡」

姉はソファの上で眠っていた。布団は一枚しかなかったが、姉は「じゃあ布団はあかりちゃんが使って」といって聞かなかったのだ。

昔から姉はそうだ。普段おどおどしてるくせに、妹のためなら自分を犠牲にすることに一切躊躇《いっさいちゅうちょ》しない。

「……お姉」

新しい家を出ようと言ったのも、姉だった。自分の手を引き、家を出た。その後、姉は体を売ってでも自分を養おうとしてくれた。……優しい姉だ。でも、あかりは姉に幸せになってほしかった。自分のために、不幸にならないでほしかった。

「………」

あかりはスマホを手に取る。母からのラインの通知は、ない。娘二人が出て行ったというのに、何の心配もしていないらしい。

「……そんなに、新しい家族のほうがいいのかよ」

知らず、そんな言葉が口をついてしまった。だがいいのだ。姉が居れば、それでいい。

あかりは姉の隣に座って、きゅっと抱きしめる。

「ふぇ……？　どうしたのぉ……？　あかりちゃん……？」

「んーん……なんでもない」

すると姉が、あかりの頭を無言でなでてくれた。こうしてよしよしされていると、気持ちが穏やかになる。

姉は何も言わない。ただ、妹が落ち込んでいることにいち早く気づいてくれた。……姉のそういう優しいところが大好きなのだ。

「お姉……幸せになってね」

大好きな人と再会した。あかりにとって岡谷は、憧《あこが》れの人であり、そして……好きな人。それは姉も同じなのだ。

日本の法律では一夫多妻は認められていない。それはわかっている。だから、姉が岡谷と結ばれる。これがベストだ。そうすれば、姉とも大好きな岡谷とも一緒に居られる。

……昨日までは再会の喜びから、つい自分の気持ちを抑えられなかったが、いいのだ。

姉の幸せのためだ。……自分の気持ちは封印しよう。

「何言ってるの、あかりちゃん？　一緒に……」

とそのときである。

「おはよう」

「あ、おかりん！　おっはー！」

大好きな彼が寝室から出てきた。あかりは飛びつきそうになるのを、ぐっ、とこらえる。いけない。姉と岡谷をくっつけるんだってば、と自分に言い聞かせる。

「ほらお姉！　朝の挨拶《あいさつ》」

「お、おはようございまひゅ……」

姉はふらふらと立ち上がって、ぺこっと頭を下げる。実に眠たげな表情。しかも寝癖《ねぐせ》つき。……そう、姉は低血圧なのである。

（お姉……いくら綺麗《きれい》に成長したからって、それじゃおかりんのハートを射止めることはできんぞ！　もっと色気出してかないと！）

「はい、おはよう」

そこであかりは気づく。起きるのが遅くなってしまい、朝食の準備ができていない。

「ご、ごめんねおかりん。朝ご飯まだできてない……」

するとと岡谷は苦笑し、あかりの頭をなでる。

「なんでおまえが謝るんだよ。朝ご飯を作るのはおまえの仕事じゃないだろ？　家政婦さんじゃない、子供なんだからさ」

……岡谷はちゃんと自分を、子供扱いしてくれる。それをもどかしく感じることも多々あるけど……。でも、嬉《うれ》しく思うときもある。

その瞬間、母の罵倒する姿が頭をよぎった。

『ワタシが稼いでるんだから、メシくらい作りなさいよ。胸に栄養全部吸い取られて、そんなこともわからないの？　この馬鹿《ばか》娘！』

「あかり……？　どうした？」

「あ、いや！　別に……！」

嫌なことを思い出してしまった。いけない、暗い気持ちにさせては。こちらは居候の身、彼の機嫌を損ねてしまったら、追い出されてしまう。……姉がまた、自分を犠牲にしようとしてしまう……。

だから、愛想笑いを浮かべる。

「な、なんでもないよ。やっぱりアタシ朝ご飯今からでも作るよ！　ごめんね」

しかし岡谷は息をつくと……。

「気を遣いすぎだ、あかり」

「え……？」

「おまえらは未成年、まだ子供だ。気なんて遣わなくていい。メシだって、作ってくれるのは感謝してるけど、そんなの率先してやらなくていいんだよ」

「おかりん……」

「もっと大人を頼ってくれ」

……きゅん、と胸が締め付けられる。今まで頼れる大人なんて、周りには誰《だれ》も居なかった。母も、そして新しい父も、頼れなかった。岡谷だけだ。そんな風に言ってくれるのは。

（いけない。好きになっちゃ……だって、おかりんとお姉をくっつけないといけないんだから……）

「朝ご飯はみんなで外で食べようか。駅前にモーニングが美味《うま》い喫茶店があるんだよ」

「……いってみたいです！　ね、あかりちゃん？」

「え、あ、うん……」

（ええい、とにかく！　絶対におかりんとお姉をくっつけるぞー！）

こうして三人は、朝食を取るため、外へと出かけることになったのだった。

★

岡谷達がやってきたのは駅前にある喫茶店『喫茶あるくま』。

レンガ造りの二階建て。内装も落ち着いた色合いの木製テーブルや椅子《いす》が使われている。

「なんだか落ちついた、雰囲気の良いお店ですね。わたし気に入りました、せんせぇ！」

「おまえもそう思うか。俺《おれ》もここお気に入りなんだ」

よしよし、とあかりが内心でうなずく。

（いいぞお姉、相手の好きな物を褒めるのは、基本……！）

あかりもこの店の雰囲気は気に入っているのだが、それは口にしないでおくことにする。二人をくっつけたいからだ。

「あかりちゃんも好きだよね、こういうお店！」

（何故《なぜ》言うし！）

「え、あ、そ、そうだね……あははは。こういうレトロでおしゃれなお店で働いてみたいな～」

そのときである。

「いらっしゃいませ。何名様ですか？」

自分と同年代くらいの男の子がこちらに近づいてきた。ネームプレートには【塩尻《しおじり》】と書いてあった。

「三人です」

「好きなお席使ってください」

岡谷は彼に軽く会釈する。どうやら顔なじみのようだ。行きつけの店なのだろう。

三人は四人がけのテーブル席へとやってきた。

（確か人と仲良くなるときには、正面ではなく隣に座るのが良いって言ってたな……よし！）

「お姉……！　おかりんの……」

「？　あかりちゃんどうしたの？」

（なぜ正面に座る⁉）

姉が岡谷の止面に座ってしまったのだ。これであかりは姉の隣、もしくは岡谷の隣に座るしかなくなった。

（し、しかたない……お姉の隣に座ろう……）

「あ、せんせぇの隣空いてるよ？　座ったら、あかりちゃん」

（お姉⁉　どうしてアタシを……）

正直あまり岡谷には近づきたくなかった（姉とくっつけたいから）。しかし立ちっぱなしだと邪魔だと言うことで、彼女は隣に腰を下ろす。

「なんだか懐かしいな」

ふと、岡谷がそうつぶやく。

「懐かしいって？」

「ほら、塾でおまえらを指導するときも、こんな配置で座っていただろ？」

たしかにそうだ。あかりが岡谷の隣、姉は彼の正面に座る。それが定位置だった。

「あかりは菜々子の隣だとじっとしてなかったけど、俺の隣だとなぜかおとなしく座ってたな」

（そりゃ……だって大好きな人の隣に座れるんだもん……おとなしく座るっつーの……）

どきどき、とあかりは自分の胸が高鳴っていることを自覚する。

好きな人のすぐ隣にいることが嬉しくてしかたないのだ。

姉と岡谷をくっつけるため、自分は身を引くつもりだった。でも……。

「あかり、おまえクリームソーダ好きだっただろ？　ここのは美味《おい》しいぞ」

自分の好きな物を覚えててくれた。それだけで、小躍りしそうなくらいに、うれしかった。

（……だめ。こんな些細《ささい》なことで胸がドキドキする。やっぱり、おかりんを諦《あきら》められないよ……）

そのときだった。

ＰＲＲＲ♪

「ん？　誰だ……？　先生？」

岡谷の携帯に電話がかかってきたのだ。

「すまん、ちょっと席外すな」

彼は携帯を持って立ち上がる。

「どうしました、るしあ先生？」

……るしあ？　誰だろうか。語感からして、女だろうか……？

「あはは、大丈夫ですよ。先生からの電話ならいつでも喜んででますし、相談にも乗ります」

（喜んで電話に出る……？　だ、だれだろ……てゆーか、そんな女の人いるの、おかりんのそばに）

あかりは岡谷の電話の相手が気になって仕方なかった。そして、同時に気づく。

（……そうだよね。おかりんフリーになったとは言え、素敵な男性《ひと》だもん。おかりんを狙《ねら》う人は、お姉以外にもたくさんいるよね）

むしろ、彼が結婚してるからという理由で、彼との交際を諦めた女だって、いるかもしれない。

（……お姉ならともかく、そんな会ったこともない女におかりんを獲られるだなんて……嫌だ）

「ええ。ではまた」

……岡谷が電話を切って戻ってくる。あかりはさっきの女（仮）について、聞こうとして、そして気づいてしまった。……自分は、岡谷を諦め切れてないんだと。

★

その日の夜。姉がまたリビングのソファで寝ようとする。

「あ、お姉……」

「ん？　なぁに？」

「……その、一緒に寝ない？」

自分だけ布団で寝ることが忍びなかったのだ。あかりが提案すると、姉が嬉しそうにうなずく。

二人が並んで横になる。ほどなくして、あかりは口を開いた。

「……あのさ、お姉。アタシ……」

「ん？　なぁに……？」

あかりは、自分が身を引くことを言おうとした。でも、言えなかった。言いたくなかった。……

それは、やっぱり岡谷のことが好きだから。

「どうしたの？」

「……アタシは、お姉に幸せになってほしいから」

自分の恋心より、姉の幸せをやっぱり優先させようとする。けれど姉は微笑《ほほえ》んで、あかりの頭をなでた。

「一緒に幸せになろうね、でしょう？」

「……………！」

「一人だけ幸せになるつもりは、ないよ。あかりちゃんと一緒に笑っていたいな、わたしは」

……ほんと、姉はいつもこうなのだ。自分の幸せを妹に分け与え、妹の不幸を分かち合おうとする。……そんな姉が大好きで……つい、甘えてしまう。

「うん。そうだね」

姉のために諦めるのは、もうやめた。だって諦めたら自分は幸せになれない。

姉が妹の幸せを願うというのならば、あかりは、もう自分の心に嘘《うそ》はつかない。

「じゃあ……二人一緒におかりんにめとってもらわんとね！」

姉だけ、自分だけが岡谷と結ばれてしまっては駄目。ならば、二人一緒に彼の女になればいい。

「め、めと……も、もう！　あかりちゃん何馬鹿なこと言ってるのっ」

「こーゆーのなんていうんだけっけ？　姉妹丼？」

「な、ななな、何言ってるのっ」

「二人でガンガン迫っていけばいつかおかりんもアタシらに手を出してくるさ！」

「だ、出すわけないよ……せんせぇは優しい人だし……教え子にそんなことしないよ……」

そんなこと、百も承知だ。岡谷は、母が連れてきたあの男とは違う。ちゃんとした大人の男性である。信頼できる。だからこそ、ここに転がり込んだのだ。

岡谷が若い女に手を出してこないのは、わかってる。弱みにつけ込み、体を開けなんて行ってこないのもわかってる。でも……それでも。

あかりは、姉に幸せになってほしいし、姉と幸せになりたいし……それに、自分の初恋を、諦めたくない。

「だからこそ、双子による波状メロメロアタックで、おかりんをその気にさせなきゃだめなんですよ！」

「うう……無理だよぉ……」

「無理じゃなーい！　できる！　なせばなーる！」

あかりはわがままなのだ。姉の幸せ、自分の幸せ、そして……初恋。どれも諦めるつもりは毛頭無い。だから、あかりは全部を手に入れるために、頑張ろうと決意する。

「こらー、おまえら」

がらっ、と奥の寝室のふすまが開く。そこには岡谷がいた。

「夜に大声を出すな。近所迷惑だろ？」

……自分を思って、ちゃんと叱ってくれる、大人。そんな岡谷のことが、大好きだ。

もうこの心に嘘はつかない。あかりは立ち上がり、そしてビシッと指を突きつける。

「あんがとおかりん！　大好きだよっ！」

姉も岡谷もぽかんとしていた。

岡谷は苦笑すると、「もう遅いから、早く寝なさい」と言って部屋を出て行った。

あかりは布団に横になる。ここでなら、姉と幸せになれる。そんな確信を抱きながら、あかりは目を閉じる。

「……せ、せんせぇをからかうんじゃありません。もうっ」

「にひー♡　お姉のことも大好きだよ♡」

「……まったく、そんな言葉でごまかされませんからねっ」

あかりはすぐに眠りについた。……あの家にいたときから今日まで、安眠できなかったけれど……。

この日初めて、あかりは、心安らかに眠ることができたのだった。

★

それからしばらくして、岡谷のスマホに、ラインの通知があった。


わたしが間違ってました。直接会って、謝らせて、くれませんか？

また、あなたとやり直したいです

第三章 ■ JKと元妻

その日の夜。俺《おれ》とJKたちは、夕飯を食べていた。

「すまん、明日の午前中、ちょっと出かけてくる」

明日は休日。

本来なら、JKたちと買い物に行く予定だった。

「午後からは大丈夫だから、買い物にいこう」

「……せんせぇ。奥さんと、会うんですか？」

真っ先に正解を言い当てたのは、姉の菜々子《ななこ》だった。

菜々子が、真《ま》っ直《す》ぐに俺を見てくる。

まいったな、なぜ言い当てたのかと、動揺が表に出てしまったのだろう。

やっぱり……とつぶやくと、小さく菜々子が怒りで体を震わせる。

「え!?　おかりん、あのバカ妻と会うの!?　なんで!?」

妹の金髪ギャルあかりが、乗っかってくる。

これは……隠し通せないな。

できればこいつらに、余計な気を遣わせないように処理しようと思ったんだがな。

「ミサエからラインがきた。直接会って話したいらしい。やり直したいんだと」

「は〜〜〜〜〜〜⁉　なにバカなこと言ってるの⁉　どんだけバカ妻なの⁉」

「……ここまで失礼な人、はじめて聞きました。自分で浮気《うわき》しておいて、今更やり直したいだなんて！　どうかしてます！」

あかりも菜々子も、本気で怒っていた。

俺の代わりに怒ってくれたことが、嬉《うれ》しかった。

「お……おかりん、もしかして復縁するの？」

「それはない」

ここは、ハッキリさせておこう。

彼女たちを不安がらせないためにも。

「俺のミサエへの気持ちは完全に冷めている。明日会って、離婚届を書かせて、それで仕舞いにする」

「うん！　それがいいよ！」

「……でも、今更復縁したいなんて、どうしてでしょう？」

菜々子がふと、疑問を口にする。

確かに、浮気して出て行って、急にやり直したいとラインが来るのは、論理性に欠ける。

「え、わからないの？　簡単じゃん。浮気男に捨てられたんでしょ？」

あかりがきょとんとした顔で言う。

「……そ、そっか。なんで気づかなかったんだろう。でも、一応は愛し合ってたんじゃないの？」

「浮気相手は若くてチャラい兄ちゃんでしょ？　飽きたらポイ捨てされるでしょ。バカ妻は性格ブスみたいだし」

「……なるほど。浮気相手に捨てられて、行き場に困ったからせんせぇのもとへ戻ってきたいと」

「だろうな。俺もそう思ったよ」

ぎり……と菜々子が唇をかみしめる。

「……最低。吐き気を催します」

「ここまで最低な女もなかなかいないよね。ま、同情なんて一切《いっさい》しないけどさ」

俺はミサエに同情する気はサラサラない。

あいつが浮気相手……木曽川《きそがわ》と別れようがしったこっちゃない。

俺は離婚届を書かせる、過去と決別する。それで終わりだ。

「というか、本当に悪いって思ってるなら、ラインじゃなくてここに来て直接頭下げろよって話だよね」

「……偉そうに。何様のつもりなのでしょうか」

「まあ……それくらいにしとけ。あんなやつに怒っても無意味だ。カロリーの無駄だよ」

「「それは言えてる」」

さて。

「おかりん、明日どこでバカ妻に会うの？」

「駅前の、喫茶あるくまに十時だ」

「こないだの喫茶店ね。おっけー。準備は整えておくよ」

うんうん、とあかりと菜々子がうなずく。

「待て待て、まさかついてくるつもりじゃないだろうな？」

「「え、ダメなの？」」

「ダメに決まってるだろ。これは俺たち夫婦の問題なんだから」

ふたりは、不満げに頬《ほお》を膨らませていた。

「おまえらに、ミサエと会わせたくないからさ。だからついてくるなよ、いいか、絶対だぞ？」

「「…………」」

「返事」

「「ふぁーい……」」

あかりはともかく、菜々子までも乗り込む気で居たのか。

内気な彼女が、そこまでしようとするなんて。

よほど怒ってくれたのだろう。

……俺はそれが嬉しかった。

「援軍が必要ならすぐ言ってね。アタシ、切り札もって乗り込むから」

あかりが得意げに胸を張って言う。

「切り札？　なんだそれは？」

「切り札は切り札だよ。これがあれば一発で浮気妻を撃退できる、効果てきめんのカードもってるから、アタシ」

ふふん、とあかりが大きな胸を張る。

……そういえば前にも、意味深なことを言っていたな。

「まあ……行って離婚届書かせるだけだから、そのカードの出番はないと思うぞ、多分」

かくして、俺は妻と離婚するため、話し合いの場へと向かうのだった。

★

十時。俺は駅前の喫茶店にいた。

休日ということでなかなか混んでいた。

妻……ミサエは、窓際の席に座っていた。

俺は妻の前に座る。

「ごめんなさい、忙しいのに呼び出して」

「……そんなことより、まずほかに謝ることがあるんじゃないか？」

フラットな口調を心がけたつもりだ。

だが……どうしても怒りでノドが震える。

「……あなたを裏切るようなマネをして、ごめんなさい」

「裏切るような、じゃないだろ。おまえのは、立派な裏切り行為だ」

夫が働いている間に、ほかの男連れ込んで不貞を働くなんて。

これが裏切りでないならなんだというのだ。

「き、聞いて、違うの。あれは……」

ミサエが言い終わる前に、俺はカバンから書類を取り出す。……テーブルの上に離婚届を置く。

「お前の話を聞くつもりはない。離婚だ。慰謝料は要らないからこれにサインしろ」

さぁ……とミサエの顔から血の気が引く。

「ま、待って……！　お願い、話を聞いて！」

ミサエが慌てて立ち上がり、声を張り上げる。

「座れ。周りに迷惑が掛かる」

「でも……！」

「座れ」

ミサエは唇をかみしめると、大人しく着席する。

こいつが声を荒らげようと関係ない。なにをしようと決心は揺るがない。

「早く離婚届を書いてくれ」

「ま、待ってあなた……ちゃんと話し合いましょう？　ね？　ね？」

ミサエが大汗をかきながら、必死になって訴えてくる。

「話し合う？　どこに話し合いの余地がある？　おまえは、夫が居ながらほかの男と寝た。それは事実だろう？」

「そ、それは……あ、あの……その……ち、違うの」

「何が違う。言ってみろ？　話だけは聞いてやる」

「だから……違うの……違うんだって……だからぁ……」

大汗をかき、泣きそうになりながら、ミサエが目をせわしなく動かす。

きっと必死になって弁解の言葉を探しているのだろう。

だが無理だ。

こいつが浮気をしたことも、男と寝たことも事実なのだから。

「ね、ねえあなた……こんなこと、やめない？」

ミサエは俺の隣にやってきて抱きつく。

胸をわざとくっつけるようにして、腕にすがりつき、媚《こ》びを売るような声音で言う。

「お願い許して。ね、また昔みたいに、仲良くしましょ？」

昔みたいに……か。

……昔を思い返しても、仲良くしていたとは言いがたい。

俺に優しかったのは結婚した日くらいだけ。

あとは徐々に冷たくなっていき……最後には冷え切っていた。

ミサエは復縁を求めている。

だが……俺はもうこいつとよりを戻す気なんてサラサラない。

「そうやって媚びを売れば、俺が心変わりするとでも思ったか？」

「え……？」

「悪いがお前に対しては、今後何があろうと、手心を加える気はサラサラない」

「そんな……」

俺はへばり付くミサエの手を振り払う。

再度摑《つか》もうとする手を、俺は強くはねのける。

「あなた……」

俺は正面に座り直し、テーブルに置いてある離婚届を持ち上げて、ミサエに押しつける。

「別れよう。俺はお前と別れて勝手に生きる、おまえも木曽川……あの男と幸せに生きれば良い」

「そ、それは……無理よ……！　だって……」

「捨てられたからか？」

「ッ……!?」

図星を突かれたからか、ミサエが大いに驚いた顔になる。

やはりな……。

「若い男に捨てられて、行き場もないし、金もないから、とりあえず金だけは持ってる冴《さ》えないおっさんのところに戻ってやるか……大方、そんなところか」

「ッ……ち、ちが……」

「違うなら、なんでそんな慌ててるんだよ。なぁ、急に家を出て行って、それから音信不通になり、今になってやり直そうって言おうと思った理由は何だ？　言ってみろ」

「…………」

ミサエが、完全に沈黙してしまった。

うつむいて涙目になり、微動だにしない。

「ごめん……なさい。ごめんなさい、もうしません……だから……」

絞り出すように、ミサエが訴えてくる。

「もうしません？　夫を裏切って浮気したお前の言葉の……いったいどこに、信用できる余地があるんだ？」

ミサエは、何も言えずパクパクと口を開いたり閉じたりしたあと……。

がくり、と肩を大きく落としたのだった。

★

「…………」

ミサエはうつむいて、黙ったままだ。

大汗をかいており、ファンデーションが崩れてきている。

突きつけた離婚届を、彼女が受け取ろうとしない。

俺はテーブルの上に用紙をおく。

「いつまで黙っているつもりだ？　俺は何を言われようと考えを変えないし、おまえが浮気したことは、覆しようがない事実だろ？」

ミサエは……ハッ、とした表情になる。

そして一瞬だけ顔を歪《ゆが》めると、こういった。

「あのねあなた……黙ってたんだけど、実はあの日……わたし、あの男に、無理矢理犯されたの」

「は……？」

……なにを、言い出すのだこいつは？

「無理矢理犯された、だと？」

ミサエは妙にギラついた目をしながら言う。

「そうなのよぉ！　聞いて！　あの日、あの男……木曽川が！　突然！　家に押し入ってきたの！」

ミサエがヒートアップする。

「声がデカい。周りに迷惑だ。稚拙な嘘《うそ》はやめろ」

「嘘じゃぁないわよぉ！　じゃあ逆に聞きますけどぉ！　あなた、私が実際に木曽川と浮気していた場面を、見たのかしらぁ……⁉」

……痛いところを突いてくる。

確かに、俺はミサエと木曽川が実際に浮気している現場を見たわけじゃない。

俺が帰ってきたとき、木曽川が寝室から出てきた。

そして布団《ふとん》には、セックスのあとがあったというだけ。

肌を重ねるまでの過程を、俺は知らない。

「ほら見たことかぁ！　ね、ないんでしょ？　私が浮気してたっていうのなら、その証拠持ってきなさいよ、証拠をよぉ！」

ばんばんばん！　とミサエが机を叩《たた》く。

弱い部分を見つけたら、徹底的にそこをついてくる。

「証拠がないんじゃ別れられないわねぇ……！」

……陰湿なやつだ。

さて……どうするか……と思っていた、そのときだ。

「……証拠なら、あります！」

声のした方を見やる。そこには、黒髪の美少女が、真っ直ぐに俺たちを見ていた。

「な、菜々子……」

「あかりんもいるよー」

金髪ＪＫのあかりも、姉と一緒にこちらにやってくる。

「おまえら……何してるんだよこんなとこで」

「援軍だよ」

「……ごめんなさい。言いつけやぶって。でも……せんせぇが心配だったから……」

叱られた子供のように、菜々子がうなだれる。

だが怒るつもりは毛頭なかった。この子達の登場で、どこか心が軽くなった気がしたから。

「あ、あなたたち、誰《だれ》なのよ⁉」

ミサエがヒステリックにそう叫ぶ。

「誰でもいーじゃん。あんたには関係ないでしょ、オバサン」

「お、おば……！」

「いい年したオバサンのくせに、夫を裏切って若い男と遊んでさ。そんで男に捨てられて、嘘までついて泣きついてくるとか……みっともないと思わない？」

ミサエの表情が怒りで歪む。

「このガキ……！　言わせておけば……！」

バッ、とミサエが手を振り上げる。

パシッ……！

「あなた⁉」「おかりん……」

俺はミサエの手を摑んで止めていた。

「座れミサエ。子供に手を上げるなんて最低だぞ」

「あ、あなた！　こいつらの肩をもつわけ⁉　こいつらが好きなの⁉　私より⁉」

「好き嫌いの話じゃない。子供に暴力を振るう大人がどこにいる？　お前のやっていることは分別のある大人の行動じゃない」

ぎりっ、と歯がみするミサエ。

「大丈夫か？　あかり」

「ふぇ……？　う、うん……へーきだよ。その……あんがと」

頬を赤らめて、ぽそりと、あかりがお礼を言う。

別に俺は当たり前のことをしただけだ。

「それで、何しに来たおまえら？」

「……証拠もってきたんです」

「アタシら持ってるんだよ、切り札……このばか女が浮気してたって言う、証拠がね」

あかりはポケットからスマホを取り出す。

アルバムフォルダーをいじって、一枚の写真を俺たちに見せる。

「なっ⁉　そ、それはぁあああ！」

スマホの画面には、俺の家の玄関先の様子が映っていた。

玄関が見える奥の廊下から、写真を撮ったようだ。

ドアを笑顔で開けるミサエと、軽薄な笑みを浮かべる木曽川の写真だ……。

「……私たち、せんせぇが家に帰ってくるまで、マンションで待ってたんです。そしたら、この人がせんせぇの部屋に入っていくところを目撃したんです」

そこを、激写したってわけか……。

「何が突然無理やりだよ。こんな笑顔で出迎えてさ」

「う、うそよ……！　こんなの……合成写真よぉ……！」

半狂乱となって、ミサエが叫ぶ。

あかりのスマホを奪おうと、また手を上げてきた。

俺はミサエの手を取って、関節技を極める。

「い、痛い……！　なにすんのよ！」

「子供に手を上げるなって言ったばかりだろうが」

「放しなさいよぉおおお！　その写真をよこしなさいよぉおおおお！」

あかりはフンッ、と馬鹿《ばか》にしたように鼻を鳴らす。

「合成写真？　それ、この動画を見ても言えるのあんた……？」

画面をスワイプする。今度は写真ではなく、動画が写っていた。

笑顔のミサエが出てくる。

木曽川に正面からハグして、玄関先で情熱的なキスをする……。

「やめてぇえええ！　見るなぁああああああ！」

必死になって手をばたつかせ、あかりのスマホを奪い取ろうとする。

だが、俺に阻まれて動けないミサエ。

野犬のようにわめく様を見て、あかりがびくんっ、と体をすくませる。

妹をかばうように、菜々子が一歩前に出る。

「この証拠を持って、裁判をすることもできるんですよ。あなたは確実に負けます。その場合慰謝料の請求となりますけど、あなた、払えるんですか？」

「そ、それは……！」

「払えないですよね？　お金ないんでしょう？　浮気男にも捨てられて、自業自得だから親にも頼れるわけないし……だからせんせぇのもとへ帰ってきた。違いますか？」

「う……うぐぅううう……」

「これ以上付きまとうならこの証拠を、せんせぇに渡します。裁判の証人として立つ覚悟もできてます。これだけ確かな証拠が揃《そろ》っている中で、まだ嘘つきますか？」

「………」

ミサエは、力なくうなだれた。完全に精気が抜け落ちた表情で、つぶやく。

「……ごめんなさい」

ミサエは、死にそうな顔で俺を見上げながら言う。

「……浮気してごめんなさい。あなたを裏切って……ごめんなさい。あなたに、嘘ついて……ごめんなさい。全部、全部謝るからぁ……」

だから、とミサエが言う。

「だからぁ……許してぇ〜……ゆるしてください、おねがいしますぅ〜……」

ミサエが、惨めったらしく言う。

「私、貯金なんてないし……今までまともに働いたこともないし……実家にも……帰れない。絶対に理由を聞かれる。浮気したなんて言えるわけない……まして、それが原因で離婚したなんてなれば……親からも即捨てられちゃうのよぉ……」

ねえ、とすがるように、ミサエが言う。

「それなのに、あなたは私のこと、捨てるのぉ？」

……こんな、こんな浅ましい女と俺は結婚していたのか。

腹が立つを通り越して……あきれ果てた。

だが……もう俺の決心は揺るがないのだ。

「ああ。俺はお前を捨てる。俺はお前が嫌いだ」

絶望の表情を浮かべるミサエ。

実年齢は二十九なのに、倍くらいふけたように感じた。

「情に訴えようと、嘘で誤魔化《ごまか》そうとしても無駄だ。俺は考えを変えない。もしこれ以上すがってくるなら、裁判を起こす。不利になるのはお前の方だ」

俺はポケットから、スマホを取り出す。

「全部、やりとりは録音させてもらった。俺がここにきてから、今までずっとな」

最近のスマホは便利で、ボイスメモも録れるのだ。

俺はずっと会話を録音していた。こうなる展開も予想してな。

「なるほど、さすがおかりん！」

「ろ、録音！　そ、そんな！　卑怯《ひきょう》よ！　盗聴よぉ！」

「お前は嘘つきだからな、こうして記録を残して何が悪い。それに卑怯だと？　……先に裏切ったのはおまえだろうが」

俺は証拠を手に、妻に言う。

「負けるのがわかってる裁判を起こされるか、ここで離婚するか……どっちが賢いか程度は、判断できるな？」

ミサエは俺の言葉を聞いて……がくりと肩を落とす。

やがて……小さくうなずいた。

俺が取り出したペンを手に持って、書き殴るような字で……離婚届にサインし、捺印《なついん》する。

それを確認してすぐに、俺は伝票を持って立ち上がった。

「飲み物代くらいは払ってやる。だが、お前とはこれきりだ。じゃあなミサエ」

俺はその場を後にしようとする。

「ま、まって……あなた……」

最後の最後に、何を言い出すのだろうか……。

「……財産、わけてよ」

「「は……？」」

……俺も、双子も、絶句した。

「夫婦の、共有財産でしょ？　マンションも。家具も……」

「あ、あんたねえ……！」

俺はあかりを止める。

「マンションは結婚前に俺が買ったものだ。家具もな。お前が自分のものと主張できる権利はない」

「う、ぐ……」

「だがお前の私物は全部お前にくれてやるよ。服とか化粧品とか、全部お前の実家に宅配便で送ってやる。それで手打ちだ」

俺にとって、妻の痕跡のあるものなんて、一つたりとも手元に残したくなかった。

だから、ちょうどいい。

全部処分してやろう。

「最後の最後に……世話になった夫に金をせびるとか……どんだけ人間のくずなのよあんた」

吐き捨てるように、あかりが言う。

「……同じ女として、あなたを軽蔑《けいべつ》します。もう二度と、せんせぇに近寄らないで」

静かなる怒りを、菜々子がぶつける。

ミサエは何も言わなかった。

うつむいて、呆《ほう》けたようにその場から動かない。……俺はもう、振り返らなかった。

妻ミサエと決別してから、しばらくたったたある日。

新しい会社から帰ってきて、俺《おれ》は双子ＪＫたちと夕飯を食べていた。

「明日、引っ越し業者が来る」

「「引っ越し……？」」

はて、と二人が首をかしげる。

「あ、わかった。あのばか妻の荷物、運び出すんだね」

ミサエは、俺との離婚に合意した。

しかし今無一文らしく、家具などを寄越せと言ってきたのだ。

「それもある」

「……せんせぇ、も、とは？」

「ミサエにやるものは持ってってもらって、それ以外は新居にもってく」

「「し、新居ぉ……!?」」

あかりたちが目を剝いて叫ぶ。

「お、おかりん、新居って？　家買ったの……？」

「いや、借りたんだよ、家をな」

俺はスープ（ビシソワーズという冷たいポタージュスープ）をおかわりする。

あかりがいそいそとついで、戻ってきた。

「せんせぇ、なんで……家を借りるんですか？」

「理由は……まあ色々だ」

単純に三人で住むには、ここは手狭だから。

という理由ももちろんある……が。

大きな理由として、ここをミサエが知っているということだ。

ミサエ、元妻とは縁が切れた……とはいえ。

やつはここの住所を知っている。

つまり、金をせびりに、ここに来る可能性だってある。

俺がいれば、俺が撃退する。

だが俺は日中働いている。それに双子は今夏休み（正確にはテスト休み中らしい）。

俺が不在の間に、ミサエが来て、ふたりに危害が及んだら困るからな。

「アタシわかっちゃった。おかりんの気遣い」

すぐ察したような顔になるのは、金髪ギャルの妹あかり。

「……気遣い？」

「つまりね、あのばか妻はここ知ってる訳じゃん？　強引《ごういん》に乗り込んでこられても困るっしょ？」

「……せんせぇ。わたしたちのために……ありがとうございます」

何度も何度も、姉の菜々子《ななこ》は頭を下げる。

俺はため息をついて、あかりの額をつつく。

「おまえは、察しが良すぎる」

「悪かった？」

「いや、昔から気遣いのできるのは、おまえの美徳だよ」

「にひー♡　でっしょー？」

「調子乗るな。気づいても口にしないのが淑女ってやつだ」

ぷく、とあかりが頬《ほお》を膨らませる。

「でもさー、それじゃおかりんの優しさがお姉に伝わらないじゃん？」

「優しさは表に出して主張するもんじゃないだろ」

二人は顔を合わせると、静かに微笑《ほほえ》む。

「……私、ここに来れて本当によかったです」

「アタシもー。毎日怯《おび》えなくて安心してグッスリ眠れる……あー……うん。今の無しで」

いつもノー天気なあかりだが、時折その笑顔に陰りがさす。

家族間でのトラブルがチラホラ感じられる。

だが、無理して踏み込むことはしない。

触れて欲しくない傷をわざわざ触れるなんてダメだ。

それに……言いたくなったら、この子達なら、自分で言うだろうしな。

「私たちのこと、ちゃんと尊重してくださって、ありがとうございます……せんせぇ」

すっ、と菜々子が綺麗《きれい》にお辞儀する。

「お前らを預かる身として当然のことしてるだけだ。わざわざ感謝なんていらないぞ」

「ん～……んふふふふっ♡」

あかりがふにゃふにゃと、蕩《とろ》けた笑みを浮かべる。

「なんだ？」

「いやぁ……毎日しあわせだなー……と、実感してるあかりんなのでした」

まあ何はともあれだ。

「業者が明日来るから荷物まとめておくこと。大きな家具は引っ越しが終わったら買いに行くぞ」

「あ、なるほど。買い物先延ばしにしてたのって、引っ越しが先にあるからだったんだ」

「……なるほどっ。さすがせんせぇ、段取りがいいです！」

★

食後、俺は一人ベランダに居た。

俺の手にはスマホが握られている。

「……出ず、か」

携帯の番号がそこには表示されている。

彼女らの母親の連絡先だ。

「…………」

あかりたちを家に置くことになってすぐ、俺は彼女らの母親とのコンタクトを試みた（バイト先なら保護者の連絡先を知ってると思ったが、その前にあかりたちから教えてもらえた）。

何度も電話をかけた。ＪＫらのスマホからでも、俺のスマホからでもでなかったので、公衆電話を使ってかけてみた。そしたら、ようやく母親と連絡がついた。

俺が現状を伝えると、母親がなぜかキレだした。そしてこれからの話をしたのだが……。

『あんたの好きにすれば⁉』と言って一方的に電話を切られた。以後、一切《いっさい》連絡が取れない状態にいる。

「……ふぅ」

あんな可愛《かわい》い（外見的な意味ではなく）子供が居るのに、彼女らを疎ましく感じるだなんて。

一体母親と娘達の間に何があったというのか……。それはわからない。でも……。

『発信音の後に、メッセージをどうぞ』

「……度々すみません。岡谷《おかや》と申します。娘さんたちのことでお話ししたいことがあります。これを聞いたら、折り返し連絡をください」

俺は電話を切って夜空を見上げる。ミサエの呪縛から救ってくれたあの子らのことを、放り出すことは、今の俺にはできない。

少なくとも母親が迎えに来るまでは、きちんと、面倒を見てあげたい。

「あかり……菜々子……安心しろ。俺は見捨てないからな。俺を、救ってくれた……おまえらのことを」

★

次の日。午前中に、業者がやってきた。

ミサエの私物は全部段ボールに詰めてまとめておいた。

服や化粧品などである。

「アタシらも手伝いたかったよ。作業ぜーんぶおかりんがやっちゃうんだから」

あかりが不満げに言う。

「あほ。これは俺の責任で片を付けるべきことだ」

「……少しは、背負わせていただけませんか？」

菜々子が恐る恐る聞いてくる。

「ダメだ。こんな汚いもん、子供が背負うべきものじゃない。おまえらは気にせずのびのび生きれば良い」

俺は菜々子の黒髪をくしゃりとなでる。

彼女は唇を尖《とが》らせていた。

言いたいことはわかるし、彼女の気遣いがわからないほど愚鈍ではない。

だが関《かか》わらせて良い問題では決してないのだ、こんなもん。

要らなくなった家具も含めて、あいつの実家に送ってやった。

「おかりん、もったいないよー。あのベッドとか、すっごい高級家具じゃん」

「……よく自分のものと主張してきたものです」

「あつかましいよね、あのオバサン」

「いいんだよ。もう俺には、あんなデカいベッド必要ないからさ」

業者にサインして、金を支払う。

業者は頭を下げるとさっていった。

「さて、いくか新居に」

「おー！　……って、どこにあるの？」

「近くだ。つっても車で二十分くらいだがな」

俺は残っていた荷物を持ってマンションを出る。

ミサエに高い家具は全部譲って、家電は別の業者が運んでくれるので、あとは手荷物だけだ。

駐車場へと向かう。

「おかりんマイカーまで持ってるの⁉」

四人乗りの普通自動車だ。

「そこまで驚くことか？」

「いや……だって二十九歳、都心住まいでしょおかりん。マイカーなんてもってない……というか、必要ないでしょ」

「まあ電車があれば事足りるが……ミサエが買い物に使いたいって言ってたからな」

「……何が買い物に使いたい、ですか。せんせぇにご飯を作ってこなかったくせに」

「きっと浮気《うわき》相手とのデートに使ってたんだよ。あーあ腹立つぅ」

「もういい、昔のことだ。ほら、さっさと乗れ」

俺は運転席に座る。

「アタシは後ろでいいから、お姉が助手席のりなよ！」

「ふぇ……!?　ふぇえええ……！　い、いいよぉ～……」

かぁ……と菜々子が顔を赤くしてうつむく。

「何照れてるんだい？　ん？　お姉……？　ん～？」

にょにょと笑いながら、あかりが姉の頬をぐりぐりと指でつつく。

「だ、だって……せんせぇと……並んでドライブだなんて……で、でーとみたいで……」

「わはっ。なんじゃそりゃー。ンモー、その程度で赤くなってちゃ、本番のときには照れすぎて倒れてますなぁこりゃ」

「うう……あ、あかりが乗れば良いじゃないっ」

「うえ!?　あ、……いやぁ、アタシは……いいかなぁ～……って」

あかりが顔を赤くして、そっぽを向いて言う。

ひゅーひゅー、と吹けもしないのに口笛を吹くマネをする。

「……あかりも、助手席乗るの恥ずかしいくせに」

「は、はぁ⁉　余裕ですけどぉ～？」

「……じゃあ乗りなさい。はりーあっぷ」

ぎゅうぎゅう、と姉があかりを助手席に座らせようとする。

「ひっ……！　やめてよぉ！」

「……二人とも後ろに乗れば良いだろうが」

「「あ、そっか」」

ふたりが後ろの席に座る。

「シートベルト忘れずにな」

「助手席じゃないのに？　あかりちゃんおっぱいでっかいから、シートベルトきっついんだよねぇ」

あかりが両手で自分の乳房を摑《つか》み、わざと押しつぶして、胸を強調する。

俺はそれを見て溜息《ためいき》をつく。

「苦しいのはわかる。だが今は後部座席もシートベルト着用なんだよ。それに急ブレーキ踏んで頭ぶつけたらどうすんだ？　いいからさっさとつけろ」

「ふぇーい……色仕掛け効かないんだよなぁこの人……はぁ、あかりちゃんのおっぱいが泣いてるぜ。同級生の男子はガン見してくるのによぉ」

「……でも、だからこそ、落ち着くでしょ？」

「ん。そーだね。クラスメイト達、会うたびアタシたちの胸見て気持ち悪い目してくるからさ、いやなんだよね。ガキっぽいし」

けど、とあかり。

「おかりんはこう、余裕があるって言うか、がっついてないから……最高に良いと思います！」

「あほか」

俺は車を発進させ新居へ向かう。

「ほらほらおかりん、ぱいスラッシュですぞ～？　ほらほら、シートベルトでお姉のおっぱいがぱつんぱつんでぷるんぷるんだよーん」

「もうっ！　あかり！　運転中に気を散らすようなことしないのー！」

「だいじょぶだって、おかりんほら、まったく後ろ見てないし」

「うう……それはそれで……悲しい……」

ほどなくして新居に到着。

車を、建物の隣の駐車スペースにとめる。

「ほえー！　いーじゃーん！　二階建ての一戸建て！　都内に家借りるなんて、やっぱおかりんすっごいや！」

あかりが借家を見上げて、はしゃぎながら言う。

「あ、あの……本当に、いいんですか？　こんな……高そうなところ」

「あほ。なんでおまえが気にするんだ菜々子」

俺は菜々子の頭をぐしゃぐしゃとなでる。

「ここは新しい出版社から近いし、古い割にリフォームしたばかりで住みやすい。俺の都合を考えて借りただけだ。お前達が気にしなくて良い」

「といいつつもぉ、アタシらの学校からもチャリで通える距離にあるんだなぁ、ここ」

「え？　そ、そうなの？」

「そー、というかむしろ学校の方が近いんだよね。おかりんちゃーんと、アタシらに配慮して家借りてくれてるんだよ〜」

……本当に、こいつはすぐ姉にばらすな。

「……ありがとうございます、せんせぇ」

「アタシら電車嫌いだったんだよねー」

見ていればわかる、あかりたちは男からしたら魅力的な体つきをしている。

電車の中で下卑《げび》た男達に、性的な嫌がらせを受けるかもしれないからな。

ここからなら学校へは、チャリでも歩きでも通える。

「ここまで面倒見てくださるなんて……」

「俺は保護者からお前達を預かっている身だからな。これくらいして当然だ」

「せんせぇ……」

「んもー……おかりんってば、やっぱ最高なんだからさ！」

あかりがガバッ、と俺の背中に抱きついてくる。

背中に柔らかな感触と、確かな張りを感じる。

俺はあかりの手をほどく。

「あかり、おまえもう小学生じゃないんだから、そのノリで俺に抱きつくな」

「いやでーす♡」

「そういうのはな、恋人ができてからそいつにしてやれ」

「じゃーおかりんでいーじゃん♡　恋人カッコカリなんだから～」

まったく、もう少し俺が異性だという認識を持ってもらいたいものだ。

いつまでも感覚が小学生のときで止まってるんだから……やれやれ。

第五章　ラノベ作家の恩返し

《るしあSide》

岡谷《おかや》がJKたちと買い物に行ってる一方、木曽川《きそがわ》は、大手出版タカナワが持つレーベル、TAKANAWAブックスの編集部にいた。

「木曽川くん、どうしたの？」

「お！　利恵《としえ》さん、おはよーっす！」

木曽川に声をかけてきたのは、編集長、十二兼《じゅうにかね》利恵だ。

三十代前半にして、大手出版の編集長にまで上り詰めた才女。

そして……岡谷の才能を見抜けず、追い出した張本人だ。

「ええ、おはよう木曽川くん」

ふふ、と十二兼が微笑《ほほえ》む。

利恵と馴《な》れ馴れしく下の名前で呼ばれたにもかかわらず、彼女は注意することはなかった。

むしろ、そうやって女扱いされたことを、喜んでいる節さえあった。

「いやぁちょっと知り合いがしつこくつきまとってきて、困ってるんすよー」

……その知り合いというのは、岡谷の元妻・ミサエであった。

ミサエは木曽川に浮気《うわき》されていたのである。

「まあ、大変。良い弁護士知ってるわ、相談に乗るわよ」

「あざーっす！　いやぁ、利恵さんまじやさしいわー！　さっすが敏腕美人編集長！」

「も、もう……おだて上手なんだから……」

そう言って頰《ほお》を赤らめる十二兼。

それを見て木曽川は内心で邪悪に笑う。

彼の次のターゲットは彼女だった。

（相変わらずちょれーオバサンだな）

「ところで木曽川くん。そろそろ、るしあ先生の最終巻、校了したかしら」

るしあ、とは開田《かいだ》るしあ先生のことだ。

カミマツ先生、白馬王子《はくばおうじ》先生につづく、ラノベ業界第三位の人気と実力を持つ、ラノベ作家だ。

今このレーベルを支えている、三人の作家の一人といえる。

「ばっちりっすよ！」

「そう、ごめんね、急に仕事任せて。岡谷くんが急に辞めちゃったから、引き継ぎを頼んじゃって」

元々るしあの担当は岡谷だった。だが岡谷は辞職したため、担当が変わったのである。

……といっても、るしあの原稿は岡谷がほぼ終えていたので、木曽川のやることはないに等しかった。

「問題ないっす！　るしあ先生とも仲良くやれそうですし！」

「そう……良かった。『せんもし』はこれで終わりだけど……るしあ先生には、まだまだ書いてもらわないといけないから、次回作も頼むわよ」

「『せんもし』終わっちゃうのかー。ドル箱コンテンツなくなるの痛手っすよね。出せば金になるのに、なーんで自分から終わらせるんすかね、るしあ先生」

『せんもし』とは、『先生、もしかして……死んでるんですか？』。ラノベのタイトルだ。

開田るしあのデビュー作だ。新人賞の応募作である。

……ちなみに、『せんもし』を見いだしたのは、岡谷であった。

「ねー利恵さん。『せんもし』って、本当だったら落選するはずだったのって、まじっすか？」

「ええ、そうよ。サスペンスものってラノベじゃうけないから、ってわたし落とすつもりだったの。けど岡谷くんが待ったをかけたの」

岡谷は大賞にしようと、強く推していた。

だが一人の推薦では、大賞は与えられない……。

となり、結果、佳作となって、岡谷と改稿を重ね、るしあはデビュー。

だがその年の大賞作品は、結局売り上げ不振で一巻打ち切り。

同時期に発売した『せんもし』が十巻を超え、しかもアニメ化もした、超人気作になったのだから。

岡谷には、先見の明があったのだ。

「いやぁさすが編集長っすわ！　『せんもし』を見いだしたのは利恵さんってことっすよね！」

……そんなはずはない。岡谷の功績だ。しかし……、

「まあね」

十二兼利恵は、自分の手柄だと思っている。

部下（岡谷）のわがままを、自分が許したから、『せんもし』は、大ヒット作品になったと、そう思っているのだ。

「じゃあ木曽川くん。るしあ先生のこと頼んだわよ。これでシリーズ終了だけど、くれぐれも、彼女を逃がさないように」

「うぃっす！　だいじょーぶっす！　絶対逃がしませんよ！　次回作の話もこの間ちゃーんとしましたし！　一〇〇パー次回作もうちで書いてもらえます！」

「それを聞いて安心したわ。がんばってね木曽川くん。あなたのことは、誰《だれ》よりも期待してるわ」

十二兼は去って行く。

ＰＲＲＲＲ♪

デスクの固定電話に、着信があった。

「はいはいＴＡＫＡＮＡＷＡブックス……あ！　るしあ先生！　おつかれっすぅ！」

木曽川の電話の相手は、件《くだん》の開田るしあだった。

「ええ、『せんもし』最終巻、おつかれっした！　で、さっそく次回作なんすけど、年内には出したいんすよねーでその打ち合わせなんすけ…………え？」

かたん……。

思わず、木曽川は受話器を落としてしまう。

「あ、あの……！　先生！　るしあ先生！　じょ、冗談ですよね⁉」

『……冗談ではない。いいか、ハッキリ言ってやる』

受話器の向こうで、るしあが言う。

その声は……怒りで、震えていた。

『……もうここで本書かない！　おかやのいない編集部に、価値なんてない！』

ぶちん……！

「る、るしあ先生⁉　おい、嘘《うそ》だよな！　おい！　おぃいいいいい！」

木曽川はもう一度かけなおす。

だが着信拒否されていた。

「どうしたの？　何かトラブルでも？」

騒ぎを聞きつけ、十二兼が心配してやってきた。

「な、何でもないっす！　問題ないっす！」

……どうにかしなければ、と木曽川は焦《あせ》る。

だが、なぜ急に書かないなんて言ったのだろうか……。

「お、おれ！　ちょっと外出てきます！」

★

「な、なんだここ……？　でけぇ……」

木曽川が居るのは、都内の一等地。そこに凄《すさ》まじい大きさの、古風な豪邸があった。

「こんなデケえ家……ドラマとかでしかみたことねーよ……」

入り口には開田の表札が書かれている。

ここが開田るしあの自宅に相違ない。

岡谷からるしあの担当を引き継いだので、自宅を知っているのである。

「と、とにかく会って話ししねーと！」

木曽川は自宅に乗りこもうとする。

「バウバウバウバウ！」

「ひぃい！　な、なんだこいつらぁ……！」

庭に一歩足を踏み入れた瞬間、複数の大型犬が襲いかかってきたのだ。

ドーベルマン、マスチフ、土佐犬、秋田犬等々……。

大きく、かつ気性の荒い犬たちが木曽川に飛びかかってきたのである。

「痛い！　やめ……！　いってえなこんちくしょう！　やめろ！　やめろぉお！」

じゃれているのではない。

侵入者である木曽川を見て、敵だと判別したのだ。

木曽川は手足を咬《か》まれ、のしかかられ……散々な思いをする。

「くっそ！　畜生の分際で舐《な》めてんじゃねえぞごらぁ！」

近くに居た秋田犬の頭を、がんっ！　と足で蹴《け》る。

「ギャンッ！」

「へっ！　舐めてんじゃねえぞクソ犬！」

秋田犬はふらふらと立ち上がると、邸宅の方へと走って戻っていった。

そのほかの犬たちはうなり声をあげながら、木曽川をにらみつけてきた。

「まじなんなんだよ……ここ……」

とそのときだった。

「どちら様でしょうか？」

黒服を着た、屈強な男が近づいてきた。

一目見て、堅気の人間ではないと気づく。

サングラスをかけている。

ボディビルダーと見まがう体型で、スーツを着ている。

ここの家の人間だろう。助かった。

「あ、さーせん！　おれ、ＴＡＫＡＮＡＷＡブックス編集部の木曽川っす！　開田るしあ先生に会いに来ました！」

「あっしは贄川次郎太《にえかわじろうた》でさぁ。会いに来た、お嬢に……？」

お嬢？　だれのことだ……？

文脈的にるしあのことだろう。

屈強なボディガード、武家のようなお屋敷、そしてお嬢……。

るしあとは、何者だろうか。

「申し訳ないですが、木曽川様。お嬢の元にあなたを通すわけにはいきません」

「は？　え、なんでっすか？」

「お嬢から言われてるんです。あなたを決して通すなと」

「はぁ⁉　い、いやいや！　なんすか！　おれ、るしあ先生の担当編集っすよ！」

「申し訳ございませんが、お帰りください」

なぜるしあが自分を遠ざけるようなことをするのだろうか。

それはわからない。ただ、ここで引き下がるわけにはいかなかった。

「そこをお願いしますよ！　るしあ先生にはうちで書いてもらわないと困るんす！　会社が！」

……会社が、ではなく、単に自分が困るだけだ。

自分のミスで、業界トップクラスのラノベ作家が、ＴＡＫＡＮＡＷＡで書いてくれなくなる……。

木曽川が責任を負う羽目になるのは明白だ。

「お願いしますよ！」

「お帰りください」

「この……！」

ぐいっ、と木曽川は男を押しのけて、屋敷の中へ入ろうとする。

だが……視界が反転した。

「へ……？　ふぎゃっ！」

いつの間にか、木曽川は空中に舞っていた。

そして地面に倒れ臥《ふ》す。

「いっつぅ～……」

振り返ると、大男が構えを取っていた。

恐らくは武道か何かをたしなんでおり、その技を使って、放り投げられたのだと気づく。

男は木曽川の腕を取って、関節技を極める。

「いててて！　いたいって！　腕折れるってこれ！」

「これ以上の狼藉《ろうぜき》を働くのなら、腕の一本はやむなしかと」

ぎり……！

「いてええ！　やめて！　痛いってばあああ！」

と、そのときだった。

「贄川、止めろ」

女の子の声がどこからかした。

ぱっ……と贄川と呼ばれた大男が、木曽川からどく。

「いってええ……まじ肩はずれた……ちょーいてええ……」

木曽川は地べたに這《は》いつくばりながら、近づいてきた女の子を見やる。

そこにいたのは……。

高そうな着物に身を包んだ、幼い女の子だった。

年齢は、十代前半……いや、十歳くらいだろうか。

鳳《おおとり》の帯に、真っ赤《まか》な和装。特徴的なのは、真っ白な髪の毛と、真っ赤な目だ。

アルビノというやつだろう。

「おまえが木曽川か？」

冷ややかな口調で女の子が言う。

「あ、ああ……なんだよおまえ？」

ぴくっ、と女の子のこめかみに血管が浮く。

「……担当編集のくせに、作家を初対面からお前呼ばわりか？」

「え……？　え⁉　ま、まさかこのガキ……あ、いや……あなたは……？」

贄川が少女の後ろに立って言う。

「開田グループのご令嬢、開田るしあ様だ」

「は……………………？　か、開田グループの、ご令嬢⁉」

開田グループ。

元、日本の三大財閥の一つだった、開田財閥が、財閥解体後にグループ化したものである。

今なお開田グループは、日本の政治・経済に大きな影響力を持つ巨大企業であった。

（そ、そんな財閥のご令嬢が、なんでラノベ作家なんてやってるんだよ⁉　やる必要ないだろ……！

金持ってるんだから！）

だが……。

（いや、これチャンスじゃね？　財閥令嬢に気に入られたら、おれ金持ちコースでウハウハじゃーん！　げひひひっ！）

欲で目がくらんだからか……。

木曽川は、気づいていない。

るしあの目に、怒りの炎が浮かんでいることを。

「い、いやぁ……！　ごめんなさいるしあ先生！」

ヘラヘラと気色の悪い笑みを浮かべながら、木曽川が言う。

「初めてお会いしましたねぇ！　おれ、木曽川ですぅ！　アイサツが遅れて申し訳ありません先生！　いやしかしお美しいですねぇ！」

木曽川がにじり寄ろうとする。

彼は、性格がゴミだが、顔だけは整っている。

どんな女も、この甘いマスクで迫れば、一発で惚《ほ》れるに決まっている。

そうやってミサエや十二兼編集長など、多くの女を落としてきた。

このるしあも所詮は女、自分の顔があれば……。

「先生は素晴らしいですね！　財閥のご令嬢で、こんなにもお美しく！　おまけに天才作家だなんて！」

ぴくっ、とるしあが最後の言葉に、過剰に反応する。

ぎり……と歯がみしていることに、木曽川は気づかない。

「よっ、さすが天才美少女作家！　ＴＡＫＡＮＡＷＡの、いや、ラノベ業界の未来を」

「やれ」

「御意《ぎょい》」

贄川は木曽川に近づくと、その顔面を、思い切り殴り飛ばした。

「ぶべぇえええええええええええ！」

恐るべき膂力《りょりょく》であった。

六〇ｋｇを超える人間が、まるでボールのように宙を舞って、そして地面に激突する。

「が……な……？　は……？」

何をされたのか、わからない。

「！　お、おれの顔が……自慢の顔がぁ……！」

殴られた右の顔面が、凹《へこ》んでいた。

懐《ふところ》から手鏡を取り出してみると、拳《こぶし》の形で凹んでいた。

なんてパワーだ……じゃなくて。

ご自慢の顔が、殴られたことで変形していたのだ。

「な、なにしてくれちゃってんの⁉」

「あの野良犬を黙らせろ」

ぽきぽき……と指を鳴らしながら、大男が近づいてくる。

「ぼ、暴力反対！　そ、それ以上近づいてみろぉ、け、警察呼んでやるからなぁ……！」

だが……るしあは冷ややかに見下ろしながら言う。

「呼んでみるが良い」

「へ……？」

「警察を呼んでみるといい。贄川、手を出すな」

すっ、と贄川が拳を収める。

困惑する木曽川をよそに、るしあが言う。

「ほらどうした？　警察を呼ぶんだろう」

木曽川は、少女から発せられる底知れぬオーラに気おされる。

「あ、ああ……！　呼んでやるよ！　暴力事件だってな！」

木曽川は一一〇番通報をする。

「つ、繋《つな》がらない⁉　なんでだよ！　一一〇番通報だぞ⁉　なんで⁉」

コール音はなっている。電波も通じている。

なのに、いくらかけても、警察に繋がらないのだ。

「開田グループの影響力を、舐めない方が良いですよ、あんた」

贄川の言葉に、木曽川が戦慄《せんりつ》を覚える。

「け、警察にまで影響力があるのか……⁉」

「それほどまでに、開田グループはこの日本において強い権力を持つのです。そして……あんたは現当主、開田高原《こうげん》の孫娘、開田るしあを怒らせた……それがどういうことか、そのチンケな脳みそでも理解できましたか？」

警察にまで口を出せる権力を持つ。

そんな財閥の令嬢の、虎の尾を、木曽川が踏んでいる……。

「な、なんでですか⁉　おれ、何かやっちゃいましたか⁉」

るしあは指を三本立てる。

「おまえは、三つ、ワタシの不興を買うことをした。一つは、ワタシの大事な友達を蹴飛《けと》ばした」

「友達……？」

るしあの隣には、秋田犬がお行儀良く座っている。

「い、犬のこと……？」

犬が友達なんて……と、かなりさげすみを込めたニュアンスで、つい口を滑らせてしまう。

それがるしあを更に怒らせた。

「二つめは、ワタシの作品を馬鹿《ばか》にした」

「さ、作品をバカになんてしてませんよ！」

「おまえは、『せんもし』の最終巻の原稿……一度だって中身を読んだか」

「あ……」

……読んでいない。

「『せんもし』最終巻は、おかやと一緒に作り上げた最高の原稿。完璧《かんぺき》にしあげた原稿で、一分の隙もないものではあったが……読んで感想すら言ってこなかったな、おまえ」

……そのとおり。

るしあの原稿は、岡谷が完成させていた。

だから、木曽川はそれをただ本にしただけ。原稿になど興味がない。

『せんもし』は、金を産むコンテンツとしか思っていないので、内容なんてどうでもよかった。

そんな浅ましい感情が、るしあには伝わっていたのだ。

「三つめ。これが……最も度《ど》し難《がた》い」

ふるふる……とるしあが体を震わせる。

「おまえは……ワタシの大事な人を、傷つけ、追い出した」

「ざ、財閥令嬢のあなたの、大事な人なんて傷つけてないっすよぉ！」

一体誰だ⁉

旧財閥のご令嬢が、大事にしている人なんて、そもそも知り合いにいないのに⁉

と木曽川が大混乱を起こす一方で、るしあは言う。

「おまえのせいで、おかやがクビになった！　そのことが何より許せない！」

「お、岡谷……？　え、あ、あの窓際編集の⁉　岡谷光彦《みつひこ》⁉」

なぜ岡谷の名前が出てくるのだろうか？　訳がわからない木曽川である。

「おかやが自分で仕事を辞めるわけがない！　彼が凄い有能なのはワタシがよく知ってる！　変だ

と思って調べさせたのだ！」

どうやらるしあは、開田の権力を使い、岡谷がクビになるまでの経緯を知ったようだ。

「おかやは……ワタシのこと、財閥令嬢とか、お爺《じい》さま……開田高原の孫娘とかじゃなくて……一作家として、リスペクトを持って接してくれた」

静かなる怒りが、小さな体からあふれ出る。

木曽川は完全に圧倒されていた。

「ワタシは、おかやを尊敬していた。これからも一緒に作品を作っていきたかった。……なのに、おまえの差し金でおかやが辞めてしまった‼」

さほど大きな声ではなかった。

だが……発せられる怒りのオーラに触れて、木曽川は……みっともなく小便を漏《も》らしてしまう。

「消え失せろ、クズ。ワタシはもうお前のところでは仕事をしない。それと……お爺さまには、今回のことを報告しておく。震えて眠るが良い」

話は以上だ、とばかりに、秋田犬を連れてるしあが去って行く。

日本経済、そして警察組織にまで影響力を持つ巨大企業のトップに……。

今回の木曽川の愚かな行いが耳に入る。

それが……どういうことか？

「ま、待ってくれ！　お願いだ！　ゆるして！　あやまるからぁ！」

「おまえの謝罪などいらん。おかやがいなくなったのはおまえのせい。それは純然たる、かつ変わらぬ事実だ。……覚えておけよ」

るしあは振り返ることなく去って行く。

「ま、待って！　待ってよぉ！　ぐぇ……！」

すがりつこうとした木曽川を、贄川がつかんで、一本背負いをする。

「申し訳ない。お引き取り願います。……これ以上近づこうとするなら……」

すっ、と贄川が懐に手を入れる。

「け、拳銃⁉　ひぃいいいいいい！」

木曽川は泣きわめきながら逃げていく。

贄川の懐から出てきたのは……携帯電話だった。

さて……木曽川はというと……、

「くそ！　くそ！　なんだよ！　なんなんだよ！」

泣きながら退散していく。

だが……彼は知らない。

虎の尾どころではなく、竜の逆鱗《げきりん》に触れてしまったことを……。

日本経済に影響力を持つ、財閥令嬢作家の怒りを買ったことで……。

自分自身だけではなく、会社にすら……不幸を呼ぶ羽目になることを……。

《岡谷Side》

俺《おれ》が新居に引っ越してから数日後。新しい職場にて。

ここは上松《あげまつ》さんを編集長とした、新しい出版社レーベル。

その名も、STAR　RISE文庫。通称SR文庫。

まだ立ち上げてまもないので、事務所は雑居ビルの一角だ。

「え？　るしあ先生……うちで書きたいんですか？」

俺の前には、ちょこんとお行儀良く椅子《いす》に座る女の子がいる。

開田るしあ。もちろんペンネームだ。

俺が前の職場で一緒に仕事をした、ラノベ作家の一人だ。

白い髪に赤い目は、どこか兎《うさぎ》を彷彿《ほうふつ》とさせる。

日本人形のように整った外見。

「ああ。是非とも書かせていただけないだろうか？」

るしあ先生は、幼い見た目に反して、堅いしゃべり方をする。育ちが良いのだろう。

「それはこちらとしても大いに助かります。けれどるしあ先生、ハッキリ言いますが、原稿料はTAKANAWAブックスのほうが高いです」

新興レーベルなので、部数は大手と比べて絞らざるをえないし、印税だって大手ほど出せない。

「それにSR文庫は新興レーベル、大手より宣伝にかける金はないし、置いてもらえる書店もまた少ない。いくらあなたが有名作家だからといって、このレーベルで出してもコケる可能性の方が高い。私はあなたのキャリアを傷つけたくない」

「……ふふっ」

るしあ先生が上品に、口元を隠しながら笑う。

「どうしました？」

「いや、何……あのゴミと段違いだなと思ってな」

「？　ゴミ？」

「こちらの話だ。……やはりおかやは信頼の置ける編集だ。会社の利益《りえき》を優先するなら喜んで話を受けるところを、作家の利益や将来性を一番に考えて提案してくれる」

「当たり前です。我々は作家さんがいなければ何もできないただの会社員です。最優先すべきは作家の皆さんの利益、次に作品のファンを楽しませること」

作品と作家、そしてファンがいてこそ、本が売れる。

本を売ることを最優先にして、本質を見失ってはいけないと俺は思っている。

「おかやと違って、それを理解できぬ愚かな編集が多くて困るのだ」

この話しぶりからして、おそらく、引き継いだ編集と、上手《うま》く行ってないのかも知れない。

『せんもし』。るしあ先生のデビュー作。

その完結巻となる原稿は、俺と一緒にしあげた。

その後、俺は引き継ぎ書を十二兼編集長に渡し、次からの編集を彼女に任せた。

だが……うちに来たって事は、そいつと上手く行かなかったのだろう。

「おかや、頼む。ワタシは、あなたと仕事がしたい。おかやじゃなければ、嫌なんだ」

潤んだ目で、るしあ先生が頼んでくる。

「るしあ先生。ここで出すのは、やはりやめておいた方が良い」

「そ、そんなっ！　どうしてだっ⁉　わ、ワタシの事が嫌いだからかっ？」

彼女が血相を変えて、俺の腕を摑んで言う。

「落ち着いてください。るしあ先生のことは好きですよ」

彼女の作る世界《さくひん》を、俺は愛している。

「そ…………………そうか」

すとん、とるしあ先生が大人しく座る。

白い肌を真っ赤に染めて、もじもじとする。

「好き嫌いなどという個人の感情ではありません。るしあ先生、あなたが作る次回作は売れる。確実に、それは間違いないです」

「…………………っ♡」

「あなたはそれほど力のある作家だ……けど、このレーベルにはまだ力がない」

先生がいかにすごい作品を作ったところで、それが多くのファンの手に届かなければ意味がない。

「昨今のライトノベルはメディアミックスが前提です。売れたラノベはほぼ間違いなくアニメになります。ですが……うちのレーベルは、大手のタカナワと違ってまだ弱小です。売れたとしても、アニメにできるほどの力はない」

うちで売っても、本を出す以上の展開をするのが、資金的な意味で難しいということだ。

「ファンはがっかりしますし、何よりあなたのキャリアを傷つける」

売れたのに、アニメにならない。

それは悪いウワサとなって、彼女の作家としての名前を傷つける危険性がある。

「そうか……おかやは、どこまでも作家の……開田るしあのことを考えてくれているのだな」

るしあは胸に手を当てて微笑む。

だが、一転してキリッとした表情となると、背筋を伸ばして言う。

「それでも、ワタシは、ここで書きたい。あなたと一緒に、働きたい。どうか……」

ここまで言っても意思を変えないのか……。

そこまで、頼ってくれている作家を、追い返すことは俺にはできない。

「わかりました。私も、最善を尽くします。一緒に仕事しましょう。こちらこそ、お願いします」

るしあ先生は笑顔になると、俺の手を握って頭を下げる。

「末永く、よろしく頼むぞ！」

結局、この日は挨拶《あいさつ》だけして、作品の打ち合わせは後日ということになった。

「ああ、そうだ。おかや。金の心配はしなくて良い」

帰り際、るしあ先生は妙なことを言った。

「すぐに良いことが起きる。期待して欲しい」

るしあ先生は上品に頭を下げて出て行った。……良いこと、か。多分励ましの言葉だろう。

俺が今大変な状況にあるからな。若いのに気遣いのできる良い子である。

「……頑張らないとな」

作家が、自分のキャリアを犠牲にする覚悟で、レーベルを移籍してきてくれたんだ。

しっかり売れるものを作って、あとはなんとかアニメにできるように、俺が頑張らないと……。

と、そのときだった。

「お、岡谷くん！　大変だよ！」

上松編集長が、大慌てで飛び込んできた。

「どうしたんですか、編集長？」

「大手の企業から、大口の広告の仕事が入ってきたんだ！」

うちは小さな出版社だ。まだラノベ一本で食えていけない。

なので広告代理の仕事も請け負っている。

「それがさ聞いてよ、開田グループからなんだ！」

「か、開田グループって……嘘でしょ？　開田銀行とか持ってるグループですよね？」

開田グループといえば、旧財閥を母体とする、巨大企業だ。

そんな企業から大口の仕事……となれば、こちらの会社の利益はとんでもないことになる。

「いやそれが本当なんだよ。ついさっき、うちに来てさ……ラッキーだけど怖くって」

「はぁ……何できたんでしょうね？」

「さ、さぁ……？」

俺も上松さんも、首をかしげる。

「あ、そうだ。るしあ先生、どうなった？」

「どうしてもうちで書きたいそうです」

「そうか。じゃあぼくらも頑張らないとだね！　あの子の才能をうちで潰《つぶ》すわけにはいかない！」

編集長も、俺と同じで、作家のキャリアを考えてくれるのだ。

「あれ？　岡谷くん。開田るしあ先生って、本名？」

「いや、ペンネームですけど」

本名は開田流子《りゅうこ》という。

「開田ってことは……もしかして、るしあ先生って開田グループの関係者だったりして！」

いや、まさか。大企業の関係者が、ラノベ作家なんてなぜやるのだ？

金持ちのご令嬢なら、働く必要なんてないだろうし。

「財閥令嬢ラノベ作家なんて、そんなの漫画やラノベのなかにしか居ませんよ」

「だよねー。関係者なわけないよねー」

「そうですよ、関係ないですよ」

《るしあSide》

岡谷光彦の転職先である新レーベルで、開田るしあが書くことになった。

それから数日後。るしあの自宅である、都内一等地にて。

一台の黒塗りのリムジンが、武家屋敷の前に停まる。

運転席から出てきたのは、黒スーツの女性。

サングラスをかけた彼女が、ドアを開ける。

そこから出てきたのは、和装の老人だ。

長く白い髪に、しわがれた肌。だがその眼光は鋭く、まるで鷹のように鋭い。

開田高原。開田グループの現会長である。

サングラスの女が頭を下げて言う。

「高原さま、流子お嬢様がお待ちです」

「ご苦労、一花《いちか》」

一花と呼ばれたボディガードの女と共に、ふたりは邸宅へと向かう。

「開田会長！」

たっ、と入り口からだれかが駆け寄ってくる。

高原はその場から動かない。

一花が素早く動いて、駆け寄ってきた男を、一瞬で組み伏せる。

「宮ノ越《みやのこし》議員様ではありませんか」

宮ノ越と呼ばれた男は、現国会議員であった。

「会長！　どうか、お力をお貸しください！」

「一花」

高原は宮ノ越を無視すると、そのまま進んでいく。

「お待ちください！　会長！　お願いします！」

「お引き取りください。高原様はお忙しいのです」

「そんな……！」

一花に男を任せると、高原は進んでいく。

その道中で、何人もの男達が頭を下げている。

医者、弁護士、そのほか諸々……。

この国の中枢を支える重鎮たちが、高原と会うために、こうして朝からずっと、頭を下げて待機していたのだ。

宮ノ越議員のように、無理矢理接触することはない。

声をかけてもらえるまで、彼らは頭を下げている。

……だが、彼らをまるで空気か何かのように、高原は無視して邸宅に入る。

高原が草履《ぞうり》を脱いで玄関に上がると、使用人がすぐさまやってくる。

「おかえりなさいませ、高原様」

「外の連中を帰らせろ。不愉快だ」

「かしこまりました」

「それより流子は？　我が愛しい孫娘はどこにいる？」

「奥の間にてお待ちです」

高原は厳かにうなずくと、使用人を残して奥へと進んでいく。

赤絨毯《じゅうたん》の廊下を進んでいき、目的地に到着。

大河ドラマのセットのような、広大な和室が広がっていた。

「おお！　流子！　流子や！　ひさしぶりだのぉ！」

高原は破顔し、声を張り上げる。

流子……ペンネーム開田るしあは、綺麗《きれい》に正座していた。

白い髪に赤い目。赤い着物を身に纏《まと》い、日本人形を彷彿とさせる愛らしさを持つ。

「お爺さま、お久しぶりです。お元気そうで何よりです」

「うむ！　うむ！　じぃじは元気だぞぉ！」

……デレデレとした、締まりのない笑みを浮かべる高原。

この締まりのない笑みを浮かべるこの男が日本を裏から牛耳る、巨大財閥のトップとは、誰も思うまい。

そう、高原は孫を溺愛しているのだ。

「流子、じぃじって呼んでくれないか?」

「お爺さま、もうワタシは十八です。じぃじはちょっと……」

「何歳になってもじぃじはじぃじだろうが!」

「嫌です、恥ずかしいので」

がっくり……と高原が肩を落とし、流子の前に座る。

「ところで流子よ。買ったぞ。『先生、もしかして……死んでるんですか?』最終巻を」

高原は懐から本を取り出す。

それはるしあが先日発刊した、『せんもし』の最終巻だ。

「ありがとうございます。どうでしたか?」

「うむ。感動した。実に見事なできばえだった。さすが我が自慢の孫だ」

うんうん、と高原が上機嫌にうなずく。

「ありがとうございます。ただ……一花から聞きましたよ? お爺さま……『せんもし』を五万冊、注文しようとしたんですって?」

じろり、とるしあが高原を、非難するようににらみつける。

「くぅ、一花め……! 口を滑らせよって!」

「お爺さま、それ……やめてくださいと、毎回釘《くぎ》を刺してますよね?」

「し、しかしなぁ……可愛《かわい》い孫の書いた本だぞ? 買い占めたいに決まっているじゃないか!」

そう……るしあは、巨万の富を持つ、開田グループの財閥令嬢。

彼女が命じれば、初版分を全《すべ》て買い占めることは、呼吸するよりも容易《たやす》い。

また高原にとっても、定価たったの七〇〇円の本を、初版一〇万冊買い占めることなど簡単なこと。だが……。

「それはワタシの、作家としての矜持《きょうじ》に反します」

「し、しかし！　おまえも売れた方が嬉《うれ》しいだろう⁉」

「いいえお爺さま。ワタシは身内が買ってくれるよりも、名も顔も知らぬ、ファンの人たちが、喜んでくれた方が、何倍も嬉しいのです」

「ふぐぅうう……」

高原は顔をしかめて、ぎりり……と歯がみする。

彼はるしあが可愛くて仕方がない。

彼女のためになら全てを買い与える。

本当だったら彼女が出した本を全部買い占めて、書斎に並べてコレクションしたい。

だがるしあがそれを反対したのだ。

「……わかった。一冊で我慢しよう」

「ありがとうございます、お爺さま。それに、お爺さまがそんなことせずとも、本は売れている……と彼がおっしゃってました」

ぽっ……とるしあが頬を赤く染める。

それは恋する乙女の表情だった。

それを見て、高原は満足そうにうなずく。

「編集の男……たしか岡谷だったか。今回も彼奴《きやつ》は良い仕事をしたな。最終巻……まことに良い本であった」

「はい。おかやは信用にたる人物です。最終巻も……本当にいい原稿にしてくださいました」

「感謝してもしきれんな……時に流子よ。早く彼を連れてきなさい」

なっ、とるしあが顔を赤くする。

「な、ぜですか……？」

「なに、開田グループを継ぐ男の顔を、早くみたいと思ってな」

それはつまり、るしあの婚約者として連れてこい、という話だった。

るしあは顔を真っ赤にして、慌てて首を振る。

「お、おかやは……その、違います！　あ、あくまで……編集と、さ、作家の……関係であって！

その……男女の仲とか……そういうのでは……決して……」

凜々《りり》しい表情の孫が、顔を赤くして照れている。

その姿を見て、高原は孫の成長を喜ぶ。

「流子も女になったのだな……じぃじはうれしいぞ」

「だ、だから違います！」

「流子が選んだ男だ。わしは付き合うことを反対せん。それにこの本の彼奴の仕事を見れば、誠実な男であることが伝わってくる」

「お、おかやが誠実な男であることは、同意します。で、ですが……その……無理です」

しゅん、とるしあが肩を落とす。

「無理？　どうしてだ？」

「だって……おかやは、既婚者です」

るしあは、何度か岡谷と直接会っているから、知っている。

彼が結婚していることを。

「おや、なんだ流子？　知らぬのか？　彼奴は離婚したぞ」

「は…………………………………………………？」

突然のことに、目を点にするるしあ。

「ほ、ほんと……？」

「うむ」

高原は、流子を溺愛している。

当然、孫に近づく男の素性も調べさせている。

「つい先日妻と別れたようだ」

「ほ、ほ、ほんとうですかっ⁉」

ばんっ、と手をついて、るしあが立ち上がる。

その目はキラキラと輝き、頬を真っ赤に染めて……実に嬉しそうだ。

高原はその姿を見て、満足そうにうなずく。

「早速逢《あ》い引きにでも誘うが良い。なんだったら場所も提供しようか？」

「え、えっと……その……それは……」

「それは？」

「……………………す、少し……待ってください」

もじもじ、と流子が身じろぎする。

はぁ……と高原はため息をつく。

「流子よ、なぜ躊躇《ちゅうちょ》する？」

「だって……告白して、断られたら……嫌です」

「バカな。流子は開田グループの令嬢だぞ？　結婚すれば開田グループの次期総帥だ。断る男がどこにいる」

「わ、ワタシは……！」

るしあはブルブル、と首を激しく振る。

「い、いやなんです……開田流子として、おかやに……見て欲しくないんです。一個人として……付き合ってほしいんです」

るしあは生まれてから今日まで、開田グループ会長の孫娘、としか見てきてもらえなかった。

そのせいで、様々な苦労を重ねてきて、それが本人としては嫌なことだった。

だが……岡谷だけは違うのだ。

一作家として、対等なビジネスパートナーとして、自分を見てくれる。

そんな関係が心地よいのであって……その関係を崩したくないのだ。

「しかしな流子よ、付き合うとなれば、早晩、おぬしが開田高原の孫であることを、岡谷は知ることになるのだぞ」

「……そんなの、わかってますっ。だからこうして悩んでるのですっ」

孫が、年相応に恋に悩む姿を見て、高原は本当に嬉しそうに笑う。

今まで孫には、何不自由ない暮らしをさせてきた。

だが……高原でもどうにもできないことがある。

それは、孫に年相応の、女の子としての、幸せを提供すること。

それを実現した、岡谷光彦という男を、高原は気に入っているのだ。

「まあ時間はたっぷりとある。じっくり悩むと良い」

「はい……あ、そうです。おかやと言えば、お爺さまにお願いしたいことがあります」

「ほう……」

「実は、おかやに酷《ひど》いことをした、愚か者の存在がいるのです」

「……聞こうではないか」

るしあは、愚か者……つまり、木曽川の事を報告する。

先ほどまで上機嫌だった高原が、一転して、鬼のような形相になる。

だが真の力を持つ鬼は、憤怒を表に出さない。

ただ静かに……怒りの炎を、腹の中にとどめる。

「なるほど……その木曽川という愚者に、制裁を与えればよいのだな」

「そのとおりです。よろしくお願いします」

「なに、容易いことだ。となると、岡谷の元妻にも制裁を与えるべきだな？」

「？　どういうことですか？」

高原は、岡谷の前妻……ミサエが、浮気をしていたことを告げる。

「ほ、ほぉ……」

ぴきぴき、とるしあの額に、血管が浮かぶ。

「お、おかやを……あの素敵な人をう、裏切って……浮気……しかも、相手はあのクズ男とは……ふ、ふふふ……」

るしあが怒っている姿は、高原とそっくりであった。

「お爺さま、そのバカ女にも、苦しみを」

「言われずとも心得ておるよ……しかし、流子よ」

こほん、と高原が咳払《せきばら》いをする。

「じぃじに二つもお願いするのだ。それ相応の、頼み方が……あるのではないか？」

ちらちら、と何かを期待する目を向ける。

るしあは顔を赤くし、こほん……と咳払いする。

「一度だけですからね」

「うむ」

るしあは立ち上がって、祖父の近くに座る。


「お願い、じぃじっ」


「うむ……！　任せておけ、流子……！」

愛おしい孫をぎゅーっと、ハグする。

るしあは恥ずかしがって、離れようとする。

だが決して放すまい、と力強くハグをする。

「任せておけ。木曽川というゴミと、前妻のミサエとかいうバカは、わしが責任を持って、とびきりの苦しみを与えてやろう」

「お願いします、お爺さま」

「……じぃじ、と呼んでくれぬのか？」

「ワタシは一度だけと言いました」

つん、とそっぽを向くるしあ。

「まあ安心せよ。開田グループの孫娘の怒りにふれたことを、心の底から後悔させてやるからな」

高原は普段以上に、やる気に満ちあふれていた。

何せ可愛い孫からの、おねだりである。

これは頑張らねば、とやる気満々だった。

「して、流子よ。そろそろ岡谷との打ち合わせの時間ではないか?」

「! そうでした!」

るしあは急いで立ち上がる。

「次回作も楽しみにしているよ。岡谷となら、素晴らしい物語を作れると、わしは期待しているし、信用している」

「ええ。今回は特に気合いを入れて書きました」

「……全冊買い占めちゃ、だめかの?」

「ダメです」

しゅん……と高原は頭《こうべ》を垂れる。

るしあは荷物をまとめて、慌てて出て行く。

「お爺さま、それでは」

「うむ、またな流子」

……かくして、木曽川とミサエのことが、財閥会長の耳に入った。

日本の政治・経済に多大なる影響力を持つ男の敵となったことを……。

ふたりは、心の底から、後悔することになる……。

第六章　JKと友達

ある日のこと。

「ふぁあ……」

「……あ、せんせぇおはようございます」

リビングへ行くと菜々子《ななこ》が、ミニスカートに、Tシャツというラフな格好で、掃除をしていた。

「昨日は夜遅くまで起きてたようですが、なにをしてたのですか？」

「ああ。るしあ先生と電話で打ち合わせだよ」

「打ち合わせ……家に帰ってからも仕事があるんですね」

「まあな」

作家との打ち合わせは夜になることが多い。基本、先生達は作家業のほかにも仕事をしてることが多い（たいてい会社員）。会社が終わったあと、つまり夜の打ち合わせにどうしてもなってしまうのだ。

「るしあ先生も会社員なのですか？」

「あー……」

……あんまり作家のプライベートを、他人に明かすのはよろしくないな。

ことにした。

　本当は先生は十八歳で、学校に通ってるのだが。それは作家の個人情報であるため、黙っておくことにした。

「編集さんも、作家さんも大変なお仕事ですね。遅くまで打ち合わせしないとだなんて。お疲れ様ですっ」

　ねぎらいの言葉をかけてくれる、菜々子。前の会社じゃそんな風に言ってくれる人は、ほとんどいなかったな。だから、そんな些細《ささい》な気遣いが、うれしかった。

「ありがとうな」

「いえ♡　今日はこの後のご予定は？　午後から出社ですよね？」

　編集者は、たいてい昼から出勤する。

　上松さんの立ち上げたレーベルは20時上がり、出社は12時でいい。

「ああ。ただ、その前にるしあ先生と打ち合わせがあるんだ」

「すごく綿密に打ち合わせするんですね」

「まあな。るしあ先生は真面目《まじめ》だから、執筆する前に、色々疑問点を潰《つぶ》しておきたいタイプなんだよ」

　だから執筆に取りかかるまでの時間が、他の作家よりも長い。聞いた話だとＷＥＢに乗ってる文章をそのまま手を加えず本にする作家や、思いつくままに一日で一冊書き上げる神作家もいるらしい。

　作家によって小説の書き方は千差万別なのだ。

「菜々子はどうする？　友達と出かけるか？　せっかくの夏休みなんだし」

彼女らは女子高生。

元々通っていた学校に今も通っている。が、現在夏休み、ということで授業がないのだ。ちなみに、話を聞いたところによると、彼女らはアルピコ学園という、超有名な学校に通っているらしい。

話は戻るが、せっかくの夏休みだ、家に居るのではなく、妹や友達と……って、あかりがいないな。出かけたのか？

「……いえ。友達とか、居ないので」

「そう……だったのか。すまん。デリカシーのない質問して」

「あ、いえいえ！　気にしないでくださいっ。私、友達作るの苦手なだけなので……」

……そういえば塾でも、あかりはすぐに友達ができるのに、菜々子は一人でいることが多かったな。内気な性格してるから、あまり他者に自分から話しかけられないのだ。

「部活やってないんだっけか？」

「はい」

「そうか……おまえそれ、暇じゃないのか……？」

十七の夏。青春真っ盛り。友達と海へ山へ行く物ではないのだろうか……？

「大丈夫です。今はスマホがあります！　動画を見てればすぐに時間潰せますよ」

「はあ……」

今時の子はそんな風に時間を潰すのか……？

「最近ですと、ＶＴｕｂｅｒとか見てます。こないだデビューした、ワインの兄貴ってひとが面白《おもしろ》くてですねえ」

……まあ本人がいいというのなら、それ以上言わないが……。しかし、せっかく夏休みなのだから、友達誘ってどこかへ行けばいいのにと思ってしまう。その前に友達を作らねばならないが……。

うーむ……。

★

朝食を食べ、ひげを剃《そ》り、出勤の準備をしていると、るしあ先生から電話がかかってきた。

俺《おれ》の部屋にて。

「おはようございます、せんせぇ」

『おはようおかやっ。今日の打ち合わせについてだが……』

「お昼にいつものところですね」

『ああ！　すごく楽しみにしてるぞ！　夏休みで一番楽しみにしてるまであるな！』

……そういえば、るしあ先生は十八歳。確か高校に通ってる。つまりは高校三年生。世間的には受験生である。

「受験でお忙しいでしょうに、打ち合わせに時間を取らせてしまい、すみません」

『む？　何を言ってる？　ワタシは内部進学が決まってるのだぞ』

「ああ、そうでしたか」

なんだ、もう大学が決まってるのか。成績優秀なようだ。

……思えば、るしあ先生のことあまり知らないな、俺。

『どうした？』

「いえ、先生のこともっと知りたいなと思いまして」

編集者として、作家への接し方は大きく二パターンあると思ってる。作家と、仕事上の付き合いをする（プライベートまで関《かか》わらない）パターン、プライベートも含めてきちんと把握した上で仕事をするパターン。俺はどちらかというと後者だ。

作家も人間だからな。作品を書いていくうえで、作家の精神状態を把握しておくことは重要だと思ってる。だから、作家のことはよく知っておきたい。

どんがらがっしゃん！　と電話の向こうで大きな音がした。

「だ、大丈夫ですか……？」

『だいじょうぶだっ。うれしかっただけだっ』

「はあ……？」

何が嬉《うれ》しかったのだろうか……？

『そうかそうか、おかやはワタシに興味があるのかっ。何でも聞いてくれていいぞ！』

……まあそういうのは打ち合わせの時にするべき話だろうが。

少し時間があるし、聞いておくか。

「先生、夏休みですがどこか友達と遊びに行く予定などはありますか？」

今朝《けさ》の菜々子のこともあって、俺は聞いてみたかった。普通の女子高生は、夏休みに、友達とどこかへ出かけるものでは……？　という疑問に対する答えがほしかった。

『友達……？　ワタシに友達はいないぞ』

「す、すみません……」

『？　何故《なぜ》謝るのだ？』

「いえ……失礼なことを聞いてしまったようで」

『失礼もなにも、事実だしな。おまえが謝る必要はないだろう』

……しかしるしあ先生も友達がいないのか。

「さみしくないんですか？」

『む？　……そうだな。まあ、たしかに寂《さび》しいと感じることもあるが。まあ致し方ない』

仕方ない……？

なんだろうか、友達を作るのを最初から諦《あきら》めてるような、そんな感じがする。友達を作れない事情でもあるのだろうか……？

……どんな事情だろうか。まあでも、寂しいって思ってるならば、友達がほしい気持ちはあるのだろう。

「学校で友達は作れないんですか？」

『同級生とどういう会話して良いのかわからん』

「流行の話題とか」

『流行……。ぶいつーばーとかか？』

ぶ、ぶいつーばー……？　ああ、ＶＴｕｂｅｒのことか。

『ワタシのお気に入りは、最近ではワインの兄貴ちゃんかな。すごい新人なんだぞ』

「へえ……」

ＪＫってＶＴｕｂｅｒ見るのか。菜々子もその人を見てると言っていたし。案外、この二人を引き合わせたら、意気投合するかもしれないな。二人ともインドアだし、共通の話題もあるし。

……まあ、そうなるとるしあ先生を我が家に招かないといけない、というハードルが立《た》ち塞《ふさ》がるわけだが。

しかし機会があれば、二人を引き合わせても良いのかも知れない。やっぱり、友達が居ないっていうのは、かわいそうだしな。

★

るしあ先生との通話を終え、出勤の準備を完了した俺は、リビングへいく。

菜々子がスマホで動画を見ていた。俺に気づくと立ち上がって、近づいてくる。

「これから出勤ですか？　頑張ってください！」

「ああ。いってくるよ。いつも留守番ありがとな」

俺がいない間、菜々子は家にいてくれる。それだけで嬉しいのだ。

「……あかりちゃんみたいに、家事が上手じゃなくてすみません」

「いいんだよ。ただ居てくれるだけで。おかえりって言ってくれるだけで、俺はうれしいんだ」

この歳《とし》になると特に思う。明かりのついてる家に帰ってきて、誰《だれ》かにおかえりって言ってもらえることに、安心する。

「……でも、やっぱり何かしてあげたいです」

「気持ちだけで十分さ。それに、おまえもあかりも子供なんだから、俺に対して何かしようなんて思わなくて良い」

「……せんせぇ、やさしいです」

菜々子は思いをスルーされたというのに、微笑《ほほえ》んでいた。

「……あかりが、言ってました。岡谷《おかや》さんは、保護者としての立場で接してくるって。それは、私たちを思ってのことだって」

「……まったく、あいつはすぐに言うな」

妹のあかりは、察しの良い子だ。

だがそれを姉に伝えるのは、遠慮して欲しいものである。

「バイトから帰ってきたら、あかりにも是非言ってあげてください」

「あ、そうか。あかり……バイトか」

双子妹のあかりは、前からずっと喫茶店バイトしていたらしい。

同居のゴタゴタで休止していたが、夏になって本格的に再スタートしたのだそうだ。

「せんせぇ、これからお仕事ですよね？」

「ああ。十三時から、るしあ先生と駅前のカフェで打ち合わせだ」

「駅前のカフェ……」

「？　どうした？」

「あ、いえ。なんでもないです。あかりにどこでバイトしてるかは言うなって釘《くぎ》さされてるので……あ、え、っと……」

あわあわ、と菜々子が慌てる。

そういえばあかりのバイト先は知らないな。

飲食店とは言っていたが。

まさかこれから打ち合わせに行くカフェではあるまい。

「と、とにかく、い、いってらっしゃい！」

俺は玄関に立つ。

菜々子が笑顔で、俺を見送ってくれる。

「ああ、いってきます」

俺は外に出る。刺すような日差しが、肌を焼く。

どこかで蟬《せみ》の音が響いている。

「あっつ……」

こんな暑い日の仕事なんて、憂鬱《ゆううつ》で仕方なかった。

でも……今は、全然辛《つら》く感じない。

職場を変えたから、ということももちろんある……。

「いってらっしゃい、か……」

あんなふうに、俺を送り出して、そして、家で待っててくれる存在。

彼女たちが俺に、活力を入れてくれている。

「あいつらに感謝だな……さて、がんばろ」

★

俺がやってきたのは、駅前にある、喫茶あるくま。

ここはミサエに離婚届を書かせた喫茶店である。……まあ、それはどうでもいい。

窓際の席に、一人の上品そうな雰囲気を纏《まと》う少女がいた。

俺の担当作家、開田《かいだ》るしあ先生である。

「先生、おまたせしました」

「お、おかやっ！　そ、その……お、おはよう！」

るしあ先生の真っ白な肌が、いつも以上に赤い。

頬《ほお》を朱に染めて、きょろきょろ……ちらちら……と目線がこちらに来たり来なかったりする。

「遅れてしまい大変申し訳ございませんでした」

「な、何を言う！　打ち合わせは十三時からで、今は十二時三十分。こちらが三十分も早くついたのが悪い。君は時間通りで、まったく悪くない」

「それでも待たせたことにほかなりません。申し訳ございませんでした」

俺は頭を下げて謝る。

ぽーっ、とるしあ先生が頬を赤くし、何か考えているようだった。

「……やっぱり、素敵だ」

「はい？」

「な、なんでもないっ。うん、何でもないんだ」

るしあ先生は飲み物を既に注文したようだった。

「なにか軽食でも注文してきますか？」

「いや、大丈夫だ。これから打ち合わせ……仕事だからな。食事など」

ぐぅ〜〜〜〜〜〜〜〜〜〜〜……………。

「………………」

かぁ……とるしあ先生が顔を赤くしてうつむく。

「す、すまない……ワタシも、ちょっと今朝はバタバタしてて、食事する暇がなかったのだ」

「わかりました。じゃあ何か食べるもの注文でもしましょうか。すみませーん」

と呼んでも、近くに店員はいなかった。レジの近くで、店員が会計の手続きをしてるのが見えた。

ちょうどトイレにも行きたかったので、レジのところへ直接向かう。

「いらっしゃいまー…………………………あ、お、おかりん……」

「あかり」

そこにいたのは、双子妹、金髪ギャルのあかりだった。

普段は俺と目が合うと明るく笑う彼女だが、このときばかりは、気まずそうに目をそらしていた。

「な、なんでここに……？」

「それは俺のセリフだ」

「アタシは、その……」

まあ、エプロンを着てレジを扱っているのだ、ここでバイトしているのだろう。

「仕事の邪魔してすまんな」

「ふぇ……？」

「知り合いがバイト先に来たら迷惑だろう。だが先客がもう座ってるんだ。少し邪魔するぞ」

きょとん……と目を点にするあかり。

だが、すぐに微笑む。

「やっぱおかりんって、優しいよね。うん、大好きだ」

あかりは真っ直《ます》ぐに俺を見て、笑う。

「いらっしゃいませー。ご注文はお決まりでしょうか？」

あかりがすぐに仕事モードに切り替える。

俺は彼女の仕事の邪魔をしないよう、最低限の会話を心がける。

「ご注文は以上ですね。ではお席にお持ちしますのでお待ちください」

注文後も、俺はレジ前を離れて接客する彼女を、ちょっと離れた場所で見ていた。

「いらっしゃいませー!」

……あかるい笑顔とキャラで、同僚からも、そして客からも好かれているようだ。

まあ彼女は昔から、人付き合いは上手かったからな。

俺が席に戻り座ろうとしたところ、トレーを持ったあかりがやってきた。

「おまたせしましたー!」

そういいつテーブルに俺の注文した物を並べる彼女。

帰り際、彼女が俺の耳元に口を近づける。

「……お仕事がんばっ、おかりん」

「……おまえも頑張れよ」

言い返すと、嬉しそうに笑うった彼女はカウンターへと戻っていった。

ぶすー。

「るしあ先生?」

「…………」

……なぜだろうか、るしあ先生が不機嫌そうに顔をしかめている。

「どうしました？」

「……随分と、あの可愛《かわい》い店員と、仲が良いみたいじゃないか」

若干苛《いら》ついてるのか、指でテーブルをとんとんとつついている。

「ああ……」

まあ同居のことは伏せておこう。面倒だしな。

「昔からの知り合いの子なんです」

塾講師時代（十年前）からの知り合いであり、教え子でもあるから、嘘《うそ》ではない。

「そ、そうかっ……そうか……うん、よかった」

ほぉ～……となぜか吐息をつく。

だがすぐに顔を振って言う。

「スマナイ、感情的になってしまった」

感情的、だったか……？

まあ普段から良い子の彼女にしては、苛ついてる姿や、動揺してるような姿は珍しかったがな。

「いえ、先に食べてから、打ち合わせしましょうか」

「そうだな。いただこう」

俺たちはサンドイッチをつまみながら、他愛ない会話をする。

「夏休みですが、どこかへ出かけたりしないのですか？」

るしあ先生は、都内の女子校に通う現役《げんえき》の高校生である。

「いちおう親の都合で外へ行くことはあるのだが、それ以外は暇でな」

そういえば内部進学が決まってて、受験勉強の必要がないって言っていたな。

しかし親の都合……？

「そういえば先生のご両親って、何の仕事をしてるんですか？」

「ゲホッ……！」

ごほっ、ごほっ、とるしあ先生が咳《せ》き込む。

「だ、大丈夫ですかっ？」

どうやらむせたらしく、顔を赤くしている。

俺はるしあ先生の背中を叩《たた》く。

そして、アイスコーヒーを目の前に出す。

彼女は慌ててそれを飲み干すと……ほっ、と息をつく。

「すみませんでした、びっくりさせてしまい」

「い、いや……おかやが気にすることではない。ワタシの問題だから、うん……」

ふぅ……ふぅ……とるしあ先生が深呼吸する。

俺は席に座る。

「聞きにくいこと聞いてすみませんでした。ただ、聞いたことなかったので、興味本位で」

「あ、いや……その……うん。お、親は……その……」

るしあ先生は目を閉じて、首をひねり、やがて……。

「こ、個人事業主……かな？」

「ああ、なるほど、お店とかやってるんですね」

「み、店……う、うん。そうだ！　うん、店もやってるな」

「も？」

るしあ先生は頭を抱えて悶《もだ》えていた。

だがすぐに顔を上げて言う。

「し、仕事の話、しようか！　うん、今日は仕事をしに来たんだからな！」

「？　そうですね」

しかし……しまったな。

思春期の女子に、家族の話題を触れるのはデリカシーにかけていたかかな。反省せねば。

「……よかった。ごまかせた。ふぅ……ん？」

るしあ先生が、自分のグラスを手に取って、ふと気づく。

「あ、え……あ……わ、ワタシの……グラス……」

「え？」

るしあ先生のアイスコーヒーは、満杯に入っている。

一方で、俺のグラスはカラになっていた。

「あ、あれ……？　じゃ、じゃあ……さっき、ワタシが飲んだのって……まさか……」

「あー……すみません。私のコーヒーみたいでしたね。とっさだったので、間違えてしまいました」

「〜〜〜〜〜〜〜〜〜〜〜〜〜〜！」

かぁ……とるしあ先生の顔……というか、首筋まで真《ま》っ赤《か》になる。

「こ、これって……か、かか、かんせ……間接……」

「え？」

「お、おかやっ！　あ、新しいコーヒーを頼むのだ！　今すぐに！」

「あ、はい。そうですね。ちょっといってきます」

俺は席を離れてあかりの傍へ向かう。

「すみません、アイスコーヒーをください」

「…………」

あかりは、唇を尖《とが》らせて、俺を見ている。

「あかり？」

「……随分楽しく仕事してるみたいだね、おかりん」

ジッ……とどこか非難するような目で俺を見てくる。

どうやら俺たちの席の様子を見ていたようだ。

「おまえ、バイト中なんだからちゃんと仕事しろよ」

「そういうこと言ってほしいんじゃないの！」

「？　何言ってるんだおまえ」

「だからぁ！　もうっ、おかりんはもっと、乙女心わかってよ！　もー！」

よくわからんが、あかりは不機嫌そうにそう言うのだった。

★

「では、本題に入りましょうか。今度ＳＲ文庫で出す新刊……その原稿が完成したんでしたね」

本来、書き下ろしの仕事をする際は、まず内容を話し合って、プロットを作ってもらう。

内容を確認してから……原稿に取り組んでもらっている。

だがあくまで一例であり、原稿の進め方は人それぞれだ。

るしあ先生の場合は、プロットを作るよりも、先に原稿を作って、それを修正した方が、良いものを作ってくれる。

「ああ、ワタシが書いた中で特に自信作だっ」

ふすー、とるしあ先生が満足げにうなずく。

まるで自分の描いた絵を、褒めて欲しくて仕方のない子供のように見えて、微笑ましい。

だが今からの作業はビジネスだ。相手は作家、つまりビジネスパートナー。

その仕事の出来をチェックする……仕事だ。真剣にやらねば。

「では拝見させてもらいます。原稿の提出をお願いしますね」

と、そのときだった。

「おかりーん！」

……嫌な予感がして振り返る。

そこには、金髪のギャル、双子ＪＫの妹、あかりがいた。

あかりは笑顔で手を振りながら、こちらにかけてくる。

そして俺に断りもなく、俺の真横に座った。

「おまたせ～♡　まった？」

「……先生、ちょっと席外しますね。失礼」

「あ、ああ……」

困惑するるしあ先生をよそに、俺はあかりの腕を引っ張って席を離れる。

トイレの近くまでやってくる。

「おまえバイトは？」

「もう今日は上がりだよ」

「そうか、なら真っ直ぐ家に帰れ」

「それはできませんなぁ」

俺はあかりの額をつつく。

「あかり。俺は今仕事中なんだ。邪魔しないでくれ」

あかりは察しの良い子だ。俺が言わずとも、仕事をしていたことはわかっているだろう。

「むー……そんなの、わかってるもん。でも、……でも！　気になるんだもん！」

なるほど俺の編集者としての仕事が気になるのか。

「確かに普段では見られないことだから、おまえが気になるのはわかる」

「んんっ？　おかりんごめん、多分何か勘違いしてる」

「だがこれは真剣な話し合いの場なんだ。遊びじゃない」

「わかってるもん！　アタシだって……遊びじゃない。真剣だよ」

と、そのときだった。

「おかや」

振り返ると、るしあ先生が、俺たちの元へやってきていた。

「すみません、すぐに戻るつもりだったのですが」

「おかや。その子にも同席してもらいたい」

「え、いいの？」

戸惑うあかりに、るしあ先生が真面目な顔でうなずく。

「ワタシも、そこの彼女には大変興味がある。是非、話がしたいと思っていたところなんだ」

「ふーん……なるほど。そゆことね、やっぱり」

るしあ先生が顔を見上げて、あかりをにらみつける。

あかりはいつもの笑みをひっこめて、先生を同じようににらみ返していた。

あかりは……まあ業界に興味があるのなら、ラノベ作家に対しても興味があるのだろう。それはわかる。

るしあ先生は……取材とかだろうか。女子高生の。

「るしあ先生が良いというのなら、私はとやかく言いません」

「「よしっ」」

「ただあかり、俺がるしあ先生の原稿を確認している間だけだ。それ以降は仕事の話になる。そうなったら退席しろ。いいな？」

「ん。おっけー。その間にケリつけておくから」

「ほぅ……良い度胸だ。小娘。掛かってこい」

ふたりがにらみ合いながら、席に座る。

俺の隣にあかりが座って……。

「待て。おかやの隣はワタシが座る」

「ついさっきまで正面に座ってなかったっけ、あんた？」

「おまえの見間違いだろう。ワタシは最初からおかやの隣だった。どいてくれ」

「それはできませーん。アタシもう座っちゃったんで」

「な、なんだとっ。どけっ！」

俺はため息をついて立ち上がり、あかりの正面に座る。

「公共の場でもめないでください、ふたりとも」

「「す、すみません……」」

「るしあ先生はあかりの隣に座ってください」

「あ、ああ……」

ふたりが俺の正面に座る形になった。

「では、原稿を拝見します」

「よろしく頼む」

るしあ先生はうなずくと、足下に置いてあった手提《てさ》げ袋《ぶくろ》を膝《ひざ》の上に置く。

そこから出したのは……原稿用紙の束《たば》だった。

「げ、原稿用紙⁉」

あかりが目をパチクリさせながら言う。

「何時代の文豪よ、あんた。普通原稿ってパソコンのＷｏｒｄで作ってメールで送るんじゃないの？」

「わ、わぁど……めぇる……？」

るしあ先生が困惑しているのを見て、あかりもまた困惑していた。

ああそうか、珍しいもんな。

「るしあ先生は電子機器全般が苦手なんだよ。パソコンもスマホも使えない。だから原稿は、四〇〇字詰め用紙に万年筆で書いてるんだ」

「ほ、ほんとに現代人なの、あんた？」

「う、うう、うるさいっ！」

むすー、とるしあ先生が不機嫌そうに顔をしかめる。

いつも大人の対応をするるしあ先生が、今日はなんだか感情的であった。

俺としてはこっちの方が、年相応でいいと思うんだがな。普段は大人すぎる。

「でもおかりん、本にする時ってデータにしなきゃいけないんでしょ？」

「ああ。それは問題ない。俺が全部打ち込んでる」

「そ、そこまで普通するの？」

「いや、普通はしないな」

ただ作家のスタイルに合わせるのも、俺の仕事でもある。

「そうだ。おかやはワタシのために、特別に、打ち込み作業をやってくれているのだ。特別扱いしてくれているのだよ」

るしあ先生が両手を腰に当て、えへんと胸を張る。

あかりは興味なさそうな体で、髪の毛をいじり回しながら言う。

「ふ、ふぅん……で、でもぉ、それっておかりんに余計な手間を強いてるってことじゃないのー？」

「ぐっ……！　そ、それは……」

「いいんだよ。それが俺の仕事だから」

「おかや……！　ふふんっ！　そういうことだっ！」

どやぁ……とばかりに、得意げな顔になるるしあ先生。

ぐぬぬ……とばかりに、歯がみするあかり。

なんだか仲が良いなこいつら。

「じゃあ今から拝見させてもらいます。あかり、その間の先生の話し相手は頼むな」

「んも〜。頼むなんてわざわざ言わなくってもいいって〜♪　いつもみたいに、やれって命令してくれていいよ〜」

「い、いつも……だと……⁉」

俺は原稿に目を通す。

ラノベ一冊に掛かる文字量は、だいたい一〇万文字だ。

るしあ先生は一冊分のストーリーを書いた原稿用紙を持ってきている。

「先生、これコピーですよね？」

「もちろんだ。ちゃんとおかやがチェック入れやすいように、コピーしたものをもってきたぞ」

俺はカバンから赤ペンを取り出して、原稿を読みながら赤字を入れていく。

「さて……まずは名乗っておこう。ワタシは開田るしあ。ペンネームだ。年齢は十八」

「ん。おっけー。るしあね。アタシは伊那《いな》あかり。十七歳」

「なんだおまえ、年下だったのか。随分と……くっ、発育が良いから、女子大生くらいだと思ったぞ……うらやましい」

「あんた十八歳なのね。随分と……ぐぬぬ……小さくて可愛らしいから、旧家のお嬢様かと思ったわ」

「なっ！　貴様エスパーか⁉」

「？　なによ急に」

ふたりが他愛ない会話する。

「お、おまえはその、おかやとどういう関係なんだ？」

「十年前からの知り合いで、なんてゆーの、将来を約束しあった関係、的な？」

「な⁉　そ、そんな……いやまて、おかやはこの間まで別の女と婚姻関係ではなかったか？」

「…………」

「ふふん。やはり虚偽か」

「で、でも十年前からの知り合いってことは本当だもーん！　るしあは、昔のおかりん知ってるのかな？　ん？」

「くっ！　そこは羨《うらや》ましい……！　だ、だがこちらは三年間、ともに出版業界という戦場で戦った、いわば固い絆《きずな》を持つ戦友！」

「ぐぬぬ……そこは羨ましい……！　け、けどこっちは！」

さて……そろそろかな。

「読み終わりました」

「え⁉　は、早くない⁉　まだ一〇分くらいしか経《た》ってないよ⁉」

あかりが目を剝いて叫ぶ。

テーブルの上には原稿用紙の束。

「こんな分厚い原稿……たった一〇分で全部読み終わったの⁉」

「ふふん、違うぞあかり。全部読み終わって、なおかつ、誤字脱字、内容に対するコメントや矛盾点、全《すべ》て書き出しているのだ。どうだ、すごいだろう、ワタシのおかやは！」

「す、すごすぎる……編集者って、みんなこんなすごいの？」

「む？　……それは、ワタシもわからない。おかやが初めての男だからな……」

「その言い方やめなさいよ、マジで腹立つから！」

俺はため息をついて言う。

「あかり」

「あいよー。お邪魔しないように、離れた席に移動するよ」

「いや、帰れよ」

「いやでーす」

……まあ、仕事の邪魔しないならいいか。

「それで、ど、どうかな、おかやっ？」

「ええ、気合の入ってる、素晴らしい原稿でした」

「そ、そうか！　気に入ってもらえて嬉しいぞ」

もじもじと、るしあ先生がみじろぎながら、はにかんで言う。

「ファンの、何よりおかやのために頑張ったんだ」

俺もファンの一人だ。

つまり彼女は、ファンを喜ばせるために全力を尽くしたと言いたいらしい。

その意気込みは原稿から感じられる。

「ただ、この作品は惜しいです。ここに矛盾がありますし、こうすれば読者の興味に添った、もっと良い展開になるのではないでしょうか？　ほかにも……」

俺が気になった個所を上げていく。ふんふんと、るしあ先生はうなずきながらメモを取る。

一方、俺たちの会話を聞いていたあかりが、うんざりした表情で言う。

「うへぇ、これ全部なおすの？　気が遠くならない？」

あかりが言うと、るしあ先生は笑顔で首を振る。

「とんでもない！　この赤字はすべて、おかやがワタシの原稿を、よりよくしたいという情熱的な、愛のこもったメッセージが書かれてて……」

はっ！　とるしあ先生が正気に戻る。

一方で、あかりが歯嚙《はが》みする。

「なにそれ、ラブレターじゃん」

「ららら、ラブレター⁉　い、いやいや！　そ、そそそそ、そんなものではなくて……」

「だって大好きな人のためだけに、思いのこもった文章を送りつけるんでしょ？　恋文と何が違うのよ」

「うう〜……お、おまえ、余計なこと言うなぁー」

るしあ先生が泣きそうだ。

「あかり、それ位にしてくれ」

「ちぇー、……でもね、アタシ気づいちゃいました」

はい、とあかりが手をあげる。

「このるしあ先生は、我々の大きな、恋のライバルであると！」

「ら、ライバル……い、いや待て！　我々とはなんだ！」

潮時だな。

「おまえら、落ち着け」

俺はあかりと、るしあ先生の額を指でつく。

「ここは店の中だ。騒ぐな。迷惑だろうが」

「「ご、ごめんなさい……」」

ふたりそろって頭を下げる。

「お開きにしましょうか。るしあ先生、原稿の修正をお願いします」

「承知した。指摘された場所をなおし、一花《いちか》にふぁっくすさせる」

……ん？　一花？　いや、まさかな。彼女とは別人だろう。

るしあ先生は原稿を回収して、ぺこり、と頭を下げる。

「今回も、ちゃんと原稿読んでくれて、たくさんの修正、感謝するよおかや。やはり、おまえでないとワタシはダメだ」

「これくらい、お手のものです。何かわからないことがあれば遠慮なく申し付けください」

「ああ、遠慮せず。我々は、その、ぱ、パートナーだからなっ」

花が咲いたみたいに笑うるしあ先生。

今回も良い本になりそうだ。一方であかりは、ちょっと不満げだ。

「なんかラブラブっぷりを見せつけられただけみたいで、くそぉ……。あ、そうだ！」

にんまり、とあかりがイタズラを思いついたような表情になる。

「お仕事終わった？　じゃ、おかりん、一緒に帰ろー」

すると、るしあ先生は、ぽかん、と口を大きく開く。

「お、おかや。い、一緒に帰るとは？」

まずい、他人であるＪＫふたりと暮らしてる、なんて言えば問題になる。

誤魔化《ごまか》すしかないな。親戚の子ってことにしよう。

「るしあ先生、実は彼女は……」

だが、あかりはすぐさま俺の腕にだきつくと、俺の頬にキスをする。

「なぁ⁉　あ、あかり！　き、ききき、貴様おかやになんてことを！」

「いいんでーす、アタシ、おかりんと、同棲《どうせい》してる彼女だから～」

目玉が飛び出るんじゃないかというくらい、るしあ先生は目を見開くと……、

「えぇーーーー！！！　同棲ぃいいい！？！？」

★

俺がるしあ先生と打ち合わせをしてから、三日後のこと。

「…………」

俺の家のリビングに、るしあ先生が座っている。

真っ白な髪の毛に赤い目は、兎《うさぎ》のようで愛らしい。

そこに加えて、今日はいつもの和装ではなかった。

白いワンピースに麦わら帽子という、深窓の令嬢のような格好で、今朝うちに来たのだ。

『おかや、原稿ができた。見て欲しくてな』

どうやらファックスが壊れており、修正原稿をわざわざ、俺の家まで届けに来てくれたみたいだ。

住所は上松編集長に聞いたらしい。

まあ来てもらって追いかえすわけにもいかず、こうして家に上げた次第だ。

「お、おかや……その、どうかな?」

俺が原稿に目を通していると、るしあ先生が尋ねてくる。

「ええ、素晴らしいです」

「ほ、ほんとうかっ！　この服、一花に頼んで仕立ててもらったのだが、そうか素晴らしいかっ」

「?　いえ、原稿の話ですが……」

「……そ、そうか」

しゅん、とるしあ先生が肩を落とす。

しまった、服装を聞いていたのか。

そういえば今日は随分と可愛らしい服を着ているな。

なるほど、新しい服を買ったから、褒めて欲しいのか。意外と子供っぽい部分もあるのだな。可愛らしい。

「似合ってますよ、その服。普段の和装もいいですけど、そういうお嬢様っぽいやつもいいですね」

「！　そ、そうかっ！　ふふ、そうか……ふふふっ」

蕩《とろ》けた笑みを浮かべるるしあ先生。

大人びていても、やっぱりまだまだ子供なのだろう。可愛らしいな。

「原稿、拝見させていただきました。本当に素晴らしい出来です。たった三日で、よくぞここまでブラッシュアップしたものです」

「ああ！　それはひとえに、おかやのおかげだな」

るしあ先生は頰を赤くして言う。

「私は単にアドバイスしただけです。書いたのは先生ですから、誇ってください」

「あ、いや……そうじゃなくて……」

もじもじ、とるしあ先生がみじろぎする。

「……おかやに、読んでほしくて。ほめてほしくて……がんばったんだ」

「……そうですか」

るしあ先生の姿と、十年前のあかり達の姿とが重なる。

塾講師時代、双子たちは俺に褒めて欲しいからと、テスト勉強を家で頑張っていた。

「るしあ先生」

「え……？」

俺は先生に顔を近づける。

「お、おかや……？」

赤い目が潤んでいる。

ああ、やっぱりそうだ。

「ん……」

顔を真っ赤にしたるしあ先生が、目を閉じて、唇をすぼめる。

俺は、彼女の額をつつく。

「寝不足ですね」

「え……？」

ぽかん、とるしあ先生が口を開く。

「この三日ほとんど寝てなかったんじゃないですか？」

「あ、ああ……」

「無理して良い原稿を仕上げても、体調を崩しては元も子もありません」

あかり達も同じことがあったのだ。

テストで良い点数が取りたいからと、徹夜で勉強して、体調を崩した。

この子もそうなのだろう。

「るしあ先生、あなたが良い原稿を作ろうとするその姿勢はプロとして立派なものです。ですが、体調管理もまたプロの仕事の一つです。あなたが倒れるくらいなら、原稿を落とした方が万倍マシだ」

「…………」

るしあ先生は頬を赤らめ、しかし唇を尖らせる。

「……おかやは、ずるい」

「はい……？」

「ワタシの心を、こんなにも弄《もてあそ》んで……こんなに優しくて……ずるい」

……何を言いたいのか、皆目見当がつかない。

塾でバイトしていたときは小学生が相手だった。

子供の心、特に思春期の女子の心は……理解するのが難しい。それは、あかりも、菜々子もだ。

「なぁ……おかや。今日は……な。原稿、見てもらいたいだけじゃ……ないんだ」

「何か相談事ですか？」

「ああ。とても……とても、重要なことなんだ。聞いてくれ。ワタシは……」

と、そのときだった。

「「ちょっと待ったー！」」

ばんっ、とリビングの扉が開き、双子ＪＫが入ってくる。

「おまえら……買い物行ってたんじゃなかったのか……」

るしあ先生が俺の家に来たとき、俺はあらかじめ二人にラインしておいたのだ。

家で作家と打ち合わせするから、来るなと。

「お、おまえは……あかり！」

「やっぱり、るしあじゃーん！　思った通りだ！　あぶねー！」

あかりはズンズンとこちらに歩いてくる。その後ろから菜々子がくっついてくる。

「二人きりで、何してたのかなっ？」

仁王立ちするあかりの後ろに、ぴったりと菜々子が、隠れるように立っている。

「仕事だ」

「おかりんには聞いてなーい！」

「そ、そうですっ、きいてるのは、そちらの可愛い、お嬢さんにですっ！」

ふすー、と鼻息荒くする双子達。

「やはりおまえ……おかやと同棲しているというのは、本当のようだなっ？」

がたんっ、と立ち上がって、るしあ先生があかりをにらみつける。

「うう……」

さっ、と菜々子が隠れる一方で、あかりもまたにらみ返す。

「そうだよ。アタシと後ろのお姉は、おかりんと一緒に住んでいるの」

「んなっ⁉　お前のほかにもう一人いるだとー⁉」

……黙っておけと散々釘《くぎ》を刺したのだが。

まあ子供だからな、仕方ない。

「お、おおお、おかやっ。どど、どういうことなのだっ！」

るしあ先生が目をグルグル回して、俺に摑《つか》みかかろうとする。

だが、勢い余って、前につんのめってくる。

「あぶっ……！」

俺はるしあ先生を抱き留める。

「～～～～～～～！？！？！？！？！？」

「「あ――――――――――！！！！」」

顔を極限まで赤らめるるしあ先生。

ＪＫたちは目を剝いて叫ぶ中……るしあ先生は、気を失ったのだった。

★

それから、数時間ばかりして、るしあ先生が目を覚ます。

「すまない、おかや……取り乱してしまって……」

ここは俺の寝室だ。

るしあ先生はどうやら執筆を頑張りすぎたようだ。

寝不足のままで騒いでしまったことも相まって、倒れてしまったのだろう。

「もう大丈夫だ、おかや。心配かけたな」

起き上がろうとするるしあ先生の肩を、俺は摑む。

「おかや……？」

「もう少し休んでてください」

「し、しかし……」

「ちゃんと休んでいってください」

「う、うん……」

先生は大人しくベッドに横になる。

俺はるしあ先生からタオルを回収し、水に浸し、額に載せる。

「………ふふっ」

「？　どうかしました？」

「こうして男の人に看病してもらうの、久しぶりでな。ちょっと……ううん、かなりうれしくて」

……この子の目に、見覚えがあった。

そうだ……菜々子たちと、同じ目だ。

親のことで、不安を抱えている、親の愛情に飢えている……そんな目だ。

「あの〜……おかりん？　だいじょうぶー」

がらっ、とふすまを開けて、双子たちが入ってくる。

「ああ、なんともない。それより、おまえらわかってるな？」

「「はい……ごめんなさい」」

ぺこっ、と菜々子たちが揃って頭を下げる。

「仕事の邪魔をしてすみませんでした、先生」

「………」

「先生？」

「あ、ああ……気にしないでくれ。ワタシも、大人げなかった。すまない」

落ち着いたところで、状況を説明しないとだな。

「先生、この子らとの同居のこと、説明させてください」

「そ、その前に……おかや。ひとつ、お願いしたいことが……あるんだ」

「？　なんでしょう？」

るしあ先生は俺と双子達をチラチラと見比べて、小さく言う。

「な、なまえ……」

「はい？」

「先生は……止めてほしい。あと……敬語も」

「それは……どうして？」

ちらっ、とあかり達を見て、るしあ先生が声を張る。

「……この二人に負けたくないから」

「え？」

「ど、どうしてもだっ」

まあ、その方がやりやすいという先生もいる。

俺としては、相手はビジネスパートナーなので、敬語の方がやりやすいのだが……。

「わかった、るしあ。これでいいか？」

「あ、ああ！　それでいい！　いや、むしろ、その方がいいっ！」

よくわからないが、呼び方を気に入ってくれたようだ。

「……あかりぃ。どうしよぉ～」

菜々子が半泣きで、妹に抱きつく。

「あの子、すっごいかわいいよぉ～。小さくて、ほっそりしてて美人で……勝ち目ないよぉ」

「だいじょーぶ！　アタシたちにはこの、大きなおっぱいがあるから！　胸を張れお姉！」

「……わ、わかった！　むんっ！」

あかり達がアホなことをしている。

「……とりあえず、お前達も座れ。こうなった以上、全部説明するから」

★

それから三十分後くらい。

……俺たちは、リビングで夕飯を食べていた。

「美味《うま》い！　美味すぎる！　こんな美味いハンバーグは、初めてだっ！」

るしあが目をキラキラさせながら、あかりお手製のハンバーグを頬張《ほおば》っている。

「ふふん、どーよ？」

「くっ……なんということだ。美人でその上料理上手だなんて……！」

あかりが大きく胸を張る。

ちなみに俺の隣に座っている。

正面にはるしあと菜々子が座っていた。

「こんなの……ズルい！　こんな美味い飯を毎日食べれるなんて……おかやの胃袋は掌握したようなものじゃないか！」

「くっくっく～。気づいた？　るしあ。そう、毎日おかりんにおいしいご飯を提供して、アタシのご飯抜きじゃ生きてけない体にする、高度な作戦なのさっ」

「く……！　悔しい……！」

「でもおいしいんでしょ～？」

「ぐぬぬぬぬぬっ！」

……あれからあったことを話そう。

俺はるしあに、今日までの経緯を簡単に話した。

昔の教え子が、ある日突然家に尋ねてきた。

彼女たちは何か事情を抱えているらしく、昔なじみの俺が保護していると。

決してやましいことは何もしていないと、きちんと誤解を解いた。

その後、あかり達はるしあを連れて別室へ移動した。

「女の子同士の秘密の話し合いしてきます」『……ますっ」

双子達はるしあとともに五分ほど席を離れた。

そして……帰ってきた頃には、少しだけ和解していた。

それで時刻は十九時を回っていたので、飯を食べていくことになった次第。

「るしあは料理とかしないの？」

あかりがおかわりのハンバーグを持ってきて、菜々子のまえに出す。

姉はもぐもぐと、三枚目のハンバーグをおいしそうに頬張っていた。

「ああ。ワタシは料理は不得手なのでな……」

「……むぐむぐ、むぐー！　むぐぐっ！」

「お姉。口に入ってる時にしゃべっちゃだめでしょーが」

あかりが呆《あき》れながら、菜々子の口の周りをふく。

「……わたしもっ、料理苦手だよ、るしあちゃんっ。仲間だね～♡」

ほわほわした笑みを浮かべる菜々子。

「仲間……」

じっ、と菜々子を見つめるるしあ。

「うむ……そうだな。菜々子は仲間だ！」

るしあもまた、姉に笑い返す。

秘密の話し合いとやらがあってから、るしあの双子への警戒心が薄れているように感じる。

「ねーねー、アタシは～？」

はいはい、とあかりが手を上げる。

きっ、とるしあがにらみつけて言う。

「おまえは……強敵《ライバル》だ」

「ほほー？　その心は？」

「現状、一番の脅威がおまえだからな。なんだそのでかい乳、整った顔、気遣いもできて料理も美味い、その上一緒に住んでいるだと……？　なんだそれはズルではないか！」

ぷんすかと怒るるしあ、だが一方であかりは、顔を赤らめてそっぽを向く。

「ふ、ふーん……あんがと、褒めてくれて」

くるくる、とあかりが毛先を指でいじる。

あれは照れてるときの癖《くせ》だ。

「べ、別に褒めてないぞっ」

るしあもるしあで、顔を赤くしてそっぽを向く。

「……ふたりとも、仲良しさんです♡」

「「どこがっ！」」

「仲良いじゃないか」

俺は三人のやりとりを、食事をしながら見守っていた。

「おかりん、だんまりじゃーん、どしたの？」

「いや、お前らが楽しそうにしてるの、邪魔しちゃ悪いだろ？　せっかく友達できたんだし、なぁ、るしあ？」

「と、友達……？」

じっ、とるしあが双子を見る。

「違うのか？　随分と仲良いと俺には思えたぞ」

るしあが、恐る恐る、二人に尋ねる。

「あ、あの……その……」

「「？」」

「…………わ、ワタシたちは、その……」

もにょもにょ、とるしあが口ごもる。

ああ、確認したいのかな。

「あかり、菜々子。ふたりとも、るしあの友達になってくれないか」

「お、おかやっ」

俺は知っている。この子が、かなり深い場所に、孤独を抱えていることを。るしあと初めて出会ったのが、この子がまだ中学三年生のときだ。あの頃から三年間、俺は何度も打ち合わせを重ね、言葉を交わしてきた。

俺は、良い機会だと思った。

形はどうあれ、歳の近い女の子と、深く知り合うことができたのだから。

「え？　友達？」

「……何言ってるんです？」

きょとんとする双子。

るしあは傷付いたように、胸を手で押さえる。

「……そう、だよな。ワタシなんかとは……友達に……」

「アタシらもう友達じゃーん」

「……そんなの、今更言わなくても、友達ですよ？」

二人からの返答を聞いて、ぽかん……とするるしあ。

「……え？」

「え、じゃないよ。アタシら、同じ男を愛する、ライバルだけど、ま、それはそれ、これはこれでしょ？」

あかりが頭の後ろで手を組んで言う。

一方で、るしあは困惑しながら言う。

「よ、よくわからないが……」

「んもー、こーゆーのはね、フィーリングよフィーリング。アタシ、あんたのこと嫌いじゃないよ」

「……私もですっ。仲良くしてください、るしあちゃん♡」

隣に座る菜々子が、すっ、と手を伸ばす。

「…………」

その手をるしあは、掴むかどうか、迷っていた。

「お、おかや……わ、ワタシは……どうすればいい？」

不安げに、俺を見てくる。

この子は、怖いのだ。

この二人の優しさを、そのまま受け取ってしまって良いのだろうかと。

「るしあ。お前の心のままにすればいいと思う」

「心の……ままに？」

「お前がその手を拒むというのなら、俺はその選択を否定しない。ただ、お前が今、胸に感じているその思いを無視して生きようとするのなら……俺はそれを全力で止めるよ」

二十九年生きてきて、後悔しない日などなかった。

特に、ミサエと結婚したことを、俺は今も後悔している。

あのときミサエと結婚しなければ……俺はもっと幸せになれていたかも知れない。

あのときああすればよかったな。

そんな風に考えてしまうのだ、大人は。

だが……るしあはまだ、未来ある子供。

子供には……前を向いて、希望の光をその目に宿していて欲しい。

「お前はどうしたいんだ？」

「わ、ワタシは……友達が、欲しい」

「なら、もうどうすれば良いかわかるだろ？」

るしあは菜々子の手を……握る。

菜々子は笑顔になると、ぎゅーっとるしあをハグする。

「……るしあちゃんっ、友達っ、うれしいですっ」

「う、うむ……わ、ワタシもだぞ……菜々子……その、うれしい」

菜々子はぎゅーっとさらに強くハグする。

大きな胸にるしあの小さな顔が完全に埋まる。

「さっすがおかりん♡」

隣であかりが、笑顔で言う。

「ぼっちな先生に、友達作ってあげるなんて、優しいね。仕事だから？」

「まさか」

俺は菜々子とるしあを見る。

るしあは……いつもの硬い表情ではなく、年相応の笑顔を浮かべている。

「大人はな、自分の過去の失敗を、教訓として、子供に授けたいもんなんだよ。損得勘定抜きでな」

「ふーん……」

あかりは俺を見上げて、ぎゅっ、と腕に抱きついてくる。

「あかり？」

「確かにさ、あのばか妻と結婚したことは、消せない過去の汚点かも知れないよ。けど……さ。おかりんだって未来を見ていいんだよ」

ハッ、と俺は気づかされる。

そうだ、何も、子供だけが前を、未来を見ているわけじゃないんだ。

「今をたのしもーってこった！」

「そうか……そうだな」

どうにも俺は、自分のことがよく見えてないようだった。

あかりの言うとおり、俺もまた前を見て、今を生きているんだ。

いつまでも後ろ向きじゃ……いけないな。

「あかり……ありがとうな」

「んぇ？　う、うん……ど、どうしたのさ、おかりん？　アタシなにかした？」

「いや……」

この子は本当に、無意識に人を元気づける才能がある。

一緒に居るだけで元気にしてくれる。

だから、俺はいつも感謝してるよ。

「将来は良いお嫁さんになるな、って思っただけさ」

「お、おー！　じゃ、じゃああ、ついに！　あかりをお嫁さんに？」

「調子乗るな。そういう話じゃない」

「ですよねー」

つんっ、と俺はあかりの額をつつく。

彼女は嬉しそうに微笑むと、俺の腕に抱きつく。

彼女の温かく、柔らかな感触と……子どもらしからぬ、女性の甘い匂《にお》いを感じる。

「あーーーーーーー！」

菜々子とるしあが、大声を張り上げる。

ふたりは立ち上がると、あかりをベリッと俺から引き剝《は》がす。

「お、おまえぇ！　抜け駆けとは、ひ、卑怯《ひきょう》なり！」

るしあが声を荒らげる。

「卑怯なりって、時代劇かっつーの。うける～」

「……あ、あかりっ。だめですっ。せ、せんせぇを独り占め……ずるい！」

ぷくっ、と子供っぽく頰を膨らませる菜々子。

「……るしあちゃん、あかりはよーちゅーいです。気を抜くと、すぐボディタッチするんですっ」

「なるほど、実に有益な情報だ。情報提供感謝する、菜々子」

「なんだかんだ仲良いじゃーん、ふたりとも。アタシとも仲良くしよーよ？」

にやにや、とあかりは笑いながら、るしあに手を伸ばす。

姉にしたように、自分とも握手したいのだろう。

「ふんっ！」

そっぽを向くるしあ。

だが……差し出された手を、きゅっ、と握り返した。

「るしあんは、素直じゃないんだなぁ」

「る、るしあん……？」

「そ。るしあん。アタシのこともあかりんと呼んで良いよ。あ、でもおかりんをおかりんって呼ぶのはダメね。夫婦の特権だから」

「だ、だれが夫婦だ！　お、お前はまだおかやの被保護者ではないかっ！」

「それはどうかな～。知らないうちにゴールインしてるかもだよ～？」

あかりにからかわれて、るしあが顔を赤くして、ぷるぷると震える。

「……あかり。るしあちゃんいじめちゃ……め、だよっ？」

菜々子はるしあを抱いて、妹をたしなめる。

「お姉忘れてるけど、るしあんアタシらより年上だよ？」

「………………わ、忘れてないよっ」

「忘れてたなこりゃ」

くつくつと笑うあかり。

一方で菜々子は、もうしわけなさそうに言う。

「……ご、ごめん……るしあちゃん」

「いや……いい。この距離感が……心地よい」

るしあは俺を見て、花が咲いたように笑う。

「おかや……ありがとう」

今までどこか硬く、陰りのあったるしあの表情に……明かりが差したような、そんな感じがした。

「お前のおかげで……ワタシ、友達ができた。感謝する。……大好きだ」

るしあが頬を赤く染めて、俺に言う。

人として、大人として、信頼してくれると、俺も大人として、嬉しい限りだ。

「ああ、それは良かった」

「うう……伝わってない～……」

なぜか知らないが、がくん……とるしあが落ち込む。

「るしあん落ち込んじゃダメだって。相手は大人で、アタシらのこと子供としか見てくれてないのは、ぜんてーじょーけんだから」

「……これからガンガンアタックして、せんせぇの牙城を崩していくのですっ。がんばりましょー、るしあちゃんっ」

二人を見て、うん、とるしあがうなずく。

「頑張ろう。我々は敵ではなく、仲間《ライバル》だからな！」

こうして、担当作家に、友達ができた。

編集として、大人としての仕事ができたのだとしたら……嬉しいなと思ったのだった。

第七章　■　ＪＫとデート　■

それは会社が休みの、ある夏の日。

俺《おれ》が目を覚まして、リビングへ行くと、黒髪のＪＫ、姉の菜々子《ななこ》がいた。

「……あ、せんせぇ。おはようございます」

ほわほわとした笑みが実に愛らしく、見ているだけで癒《いや》される笑顔だ。

「おはよう。あかりは……バイトか」

「……はい。今日は洋食屋さんのほうでバイトしてます」

あかりは二つバイトを掛け持ちしている。

駅前のカフェでは接客と、洋食屋の調理担当してるんだそうだ。……まだ高校生なのにバイトばかりなのもどうかと思うが。しかしあかり曰《いわ》く、将来を見据えての貯金＋訓練を兼ねてるらしいので、許容してる。生活のためとかだったら止めていたが、自分の将来への投資活動の一環ならば、とめる理由はない。

「……朝食温めますね」

「いや、気にするな。俺は自分のは自分で用意するし、おまえも自分のことやってな」

「……自分の」

菜々子が、何か考えるような顔になる。

だが、すぐに首を振って、笑顔で言う。

「……特にやることもないので、わたし、用意しておきます」

「いやでも……」

「……座っててください、せんせぇ」

ぱたぱた、と菜々子がキッチンへと向かう。

冷蔵庫からお皿を取り出し、レンジに入れ、ケトルに水を入れてお湯を沸かす。

「………」

俺はリビングの椅子《いす》に座る。

テーブルには教科書が広げられていた。

「菜々子の教科書か」

夏休みということもあって、宿題でもやっているのだろう。

朝から勉強とは感心なやつだ。

……だが、同時に少し気になることもあった。

「……せんせぇ、朝ご飯ですよぅ」

「ああ、ありがとう」

フレンチトーストにベーコンエッグ、そしてカフェラテ。

全《すべ》てあかりが、朝バイト行く前にちゃちゃちゃっと作っていったらしい。

俺は用意してもらった食事を取る。

菜々子は俺の正面に座り、その様子をニコニコと、楽しそうに笑いながら見ている。

「おまえ宿題やってたんじゃないのか？」

「……いいえ、宿題はとっくに終わってます」

「そうなのか？」

そういえば塾時代でも、菜々子は宿題をだいたいその日か、次の日には終わらせていたな。

「なるほど、じゃあ受験勉強してたのか」

菜々子達は今年で十七歳。

来年には受験が控えている。

高二の夏から勉強しているやつが周りには結構居た。

菜々子も行きたい大学のために勉強しているのだろう。

「……いいえ、これは、自習です」

「自習？」

「……はい。一学期の授業の、振り返りを、してました」

単なる振り返り、か。

そう言えば、この子らは将来どうするつもりだろうか。

まあ将来設計は人それぞれだから、俺がとやかく言うつもりはない。

朝食を終え、俺は食器を片付ける。

菜々子が自分がやると言ってきたのだが、さすがに申し訳なく、固辞した。

「…………」

そわそわ、そわそわ。

「菜々子」

「……はい、せんせぇ、なんですか?」

「後ろに居られると気になるんだが」

さっきから菜々子は、俺の後ろで、俺の手元をのぞき込むようにして見ていた。

「……なにか、お手伝いすること、ありますっ?　お皿洗いますよっ」

「だから良いって、座って自分のことしてなさい」

「…………」

しゅん。

トボトボと歩いて行って、椅子に腰を下ろす。

そしてまた、勉強……というか、一学期の復習をしだした。

「…………」

皿を洗いながら、俺は思い出す。

それは先日、期末テストが返ってきた日のことだ。

あかりは赤点が二、三個あって、そのほかの教科も軒並み点数が低かった。

一方で、菜々子の点数は……全部一〇〇点だった。

全教科一〇〇点。あかりも俺も褒めたのだが、当の本人はまったく嬉《うれ》しそうじゃなかった。

「勉強あまり好きな子じゃないんだよな、菜々子って」

言われれば、言われたとおりこなす子ではある。

課題も与えればこなす。ただ、自分からこれがしたいというのが、妹と違ってないのだ。

俺は皿を洗い終えて、菜々子の元へ戻ってくる。

「…………」

ボロボロの教科書を前に、ぼーっと書き写していた。

せっかくの夏休みだというのに、この子はどこにも出かけようとしない。

あかりのように、何かに打ち込むこともなく、家にいるこの子が、不憫《ふびん》に感じた。

「なぁ菜々子。おまえ、どこか行きたいところあるのか？」

「……おでかけですかっ！」

がたんっ、と立ち上がって、黒真珠のような目をキラキラとさせる。

「ああ、ちょうど今日は暇なんだ。おまえさえよければ、一緒にどっかいこうか。どこがいい？」

「……せんせぇと一緒なら、どこでもいいですっ。やった♡　やった♡　デートです～」

……まあ男女で出かけるからデートに分類されるのか。

俺としては、夏休みだというのに、ずっと家に居るこの子を外に連れ出したいって気持ちなのだが……。

「近くのショッピングモールでも、行くか、暇だしな」

「……はいっ♡」

★

俺たちがやってきたのは、川向こうにある、大きなショッピングモールだ。

「……ふふっ♡　ふふ♡　ふへへ♡」

俺の隣で、菜々子がずっと笑っている。

いつも微笑《ほほえ》んでいるのだが、今日は特にずっと笑っていた。

「何か良いことでもあったのか？」

「……はいっ。せんせぇが側に居るだけで、とても嬉しいんですっ♡　しかも二人きりっ♡　ふふっ♡」

まあ子供は父親が一緒に居るだけで、嬉しいみたいだからな。

上松《あげまつ》さんもそんなこと言っていたし。

多分そんな感じなのだろう。

「いくぞ、菜々子。人が多いから、迷子にならないようにな」

「……大丈夫ですっ。迷子になりません」

俺たちはとりあえず、中を適当にぶらつくことにした。

しかし夏休みだからか、子供と家族連れが多いな。

「なあ菜々子……菜々子？」

いつの間にか菜々子がいなくなっていた。

「……せ、せんせぇ〜」

遥《はる》か後ろ……というか、入り口で菜々子が立ち往生していた。

どうやら前からやってくる人並みを避けられずにいるらしい。

俺は慌てて彼女の元へ行く。

「すまん、先に行きすぎた」

「……いえ。ごめんなさい。昔から、どんくさくて」

しゅん……と菜々子が肩を落とす。

俺は彼女の手を取る。

「ふぇ……!?」

「ほら行くぞ」

「あ……♡」

人混みが多いなかで、子供を一人にさせてしまった。保護者としてあるまじき行為だ。

いくら高校生だからといっても、女の子。しかも昔から少しぽやんとしていた子だ。手をつないで、居なくならないように、俺がしっかり面倒見ておかないとな。

「……しあわせすぎて、天に昇りそうだよぉ〜♡」

お湯に入れたとろろ昆布のように、ふにゃけた笑みを浮かべる菜々子。

「……こ、こんなとこ、だれかに見られたら、なんて思われるでしょうかっ?」

「ん。ああ、保護者と娘だろうな」

「…………………………ソデスネ」

しゅーん……とさっきから一転して、落ち込んでしまった。

なんなのだろうか……?　わからん。思春期女子の情緒が不安定すぎる。

思えばあかりもるしあ先生も、結構よくわからないタイミングで、怒ったり喜んだりするな。

今度啓発本でも買って勉強しておかないとな、思春期の娘を預かる身として。

「さて菜々子。何か欲しいものでもあるか?」

「……ほしいもの、ですか?」

「ああ。日頃お前らには世話になってるからな。何かプレゼントしたい」

「……プレゼントー!」

ぱぁ……!　と輝くような笑みを浮かべる菜々子。

だがすぐに慌てて首を振る。

「……そ、そんな!　悪いです!」

「遠慮するな」

「……で、でも……だって……」

菜々子が立ち止まって、うつむいて言う。

「……あかりは、料理も、洗濯も、色々やってます。でも……わたしは、そのどれもできない。ただ一緒に住まわせてもらっているだけ。プレゼントなんて……もらう資格……あたっ」

俺は菜々子の額をつん、と指でつつく。

「前にも言っただろ。お前達が俺を支えてくれるから、俺は万全の状態で仕事にのぞめているってさ。二人平等に俺は感謝してるんだよ」

「……せんせぇ」

「あかりにも今度プレゼントする。今日はお前の番だ。欲しいもの言ってみろ。何でも買ってやるよ」

菜々子は、かなり遠慮がちな性格だ。

よく言えばおしとやか、悪く言えば……引っ込み思案。

自己主張の強い妹と一緒に育ったからか、自分の意思がやや弱いところがある。

今はあかりが側に居てくれるからいいかもしれない。

だがいずれ離れて、それぞれの人生を歩むようになる。

そのときに、一人で何もできない子になって欲しくない。

だから欲しいものを聞いたのは、この子に少しでも自己主張の練習をして欲しかったからだ。

「……わからないです」

やっぱり、菜々子は欲しいものがわからない様子だ。

「なら色々見て回ろうか。これだってくるものが絶対出てくるだろ」

「……せんせぇ。はいっ」

そのあと、俺はショッピングモールを色々見て回った。

服屋、文房具や、本屋等々……。

「……お洋服は、今持ってるので十分です」

「……文房具も、まだまだ使えます。あ、あのシャーペンは、せんせぇから塾のときにもらった、大切な宝ものなんで、新しくしたくないですっ」

「……参考書？　教科書の内容だけで、模試も一〇〇点取れるので、要らないかと」

どの店を回っても、菜々子が興味を示すものはなかった。

「……せんせぇ。色々すみません。でも……もういいです。帰りましょ………」

と、そのときだった。

「………」

ふと、菜々子が足を止めたのだ。

「ペットショップ……？」

ショッピングモール内に店を構えている、ペットショップだった。

ガラスのケースの中には、子犬や子猫が展示されている。

「……わぁっ、わぁっ」

ガラスに頬《ほお》をくっつけて、菜々子が目を輝かせる。

特に興味をもっていたのは、茶色い毛並みのミニチュアダックスだ。

「……かわいい♡　ホットドッグみたい」

可愛《かわい》いと食い物って同居するのだろうか。

つくづくＪＫの感性はわからない……。

が、これだ、と俺は思った。


「菜々子。この子にするか」

「……え？　い、いいんですか？」

「ああ。せっかく一戸建てに引っ越したからな。犬でも飼ってみたいって、ちょっと思ってたからさ」

「……せんせぇ！　あ、でも値段……」

俺は値段をチラッと見て、手で隠す。

「思ったより安いから安心しろ」

「……でも……」

「菜々子。あっちでちょっと待っててくれ。会計とか色々済ませてからいくから」

「…………でも」

菜々子が結構ためらっている。ああ、そうか。そうだな。と俺は察しが付いた。

「犬は命だものな。そんな、おもちゃ感覚で飼って良い物じゃあなかった。すまない」

テレビでは多頭飼育崩壊などの悲しい動物ニュースが、結構頻繁に報じられている。

動物の命を軽く見る人が多く、そのせいで、捨てられるという事例があるんだそうだ。

「悪い、軽い感じで飼おうとして」

「い、いえ……」

しかしチラチラ、と菜々子が犬を見ている。……やはり飼いたいんだろうな。

「菜々子。犬はおもちゃじゃない。ちゃんとした一つの命。わかってるよな？」

「…………はい。わかってます。だから、諦《あきら》めます……」

菜々子が去って行く。

俺は店員さんに声をかけた。

「すみません、このミニチュアダックスください」

「あ、はーい！」

可愛らしい店員が、犬をガラスケースから取り出す。

俺は保険やら注射のことなどの説明を受ける。

「彼女にプレゼントですか～？」

下世話な店員が、俺に尋ねてくる。

「娘にプレゼントです」

「なるほど！　いやぁ、娘さん幸せものですね！　こんなに高い買い物してあげるなんて！」

「いいんです。それがあの子にとってプラスに働くなら、金額は重要じゃない」

俺は手続きを終えて、あと犬のキャリー（ボストンバッグみたいな、犬を入れて運ぶかご）を購入する。

犬を入れて俺は菜々子の方へ向かう。

「せ、せんせぇ⁉」

「大事にしてやれ」

俺は子犬の入ったキャリーを渡す。

「あんっ」

にゅっ、とミニチュアダックスが、顔を出す。

菜々子の顔をあおぎみて、ペロペロと頬をなめる。

「……きゃっ、くすぐったいです♡　……でも、いいんですか？」

「ああ。菜々子は命を軽く見るような子じゃないって、わかってるからさ」

昔、塾の近くに子犬が捨てられてるときがあった。生徒達は可愛い可愛いといってエサをあげるだけで、帰宅時間になったらそのまま放置して帰って行った。

……でも、菜々子は違った。塾の仕事が終わるまで待って、俺に、犬が居ることを相談しに来た。

あのときのことを思い出したのだ。ちゃんと犬の面倒を見れる子なのだ、この子は。だから買ってあげたのだ。

菜々子が、明るい笑顔を浮かべる。

そうだ、この子は、無邪気に笑っている顔が一番似合っている。

「せんせぇ、ありがとうございます！」

★

翌日、俺は昨日と同じショッピングモールに来ていた。

「おっかりーん！」

デカい声がしたと思ったら、駅の改札の方から、あかりが駆けてきた。

「おっまたせ！　待ったー？」

「いや、今来たところだ」

なぜあかりとここに居るのか？

俺は昨日、ここへ姉の菜々子と来た。

そのとき、日頃世話になっているということで、犬をプレゼントしたのだ。

『それってお姉とのデートじゃん！　ずっるい！』

『お前にもプレゼント買ってやるぞ』

『ほんとっ？　じゃあ、明日！　同じ場所でデートだっ！』

という次第。

「バイトは終わったのか？」

「うん！　カフェの方は比較的早く終わるんだー。あちー」

あかりはなぜか知らないが学校の制服だった。

ただ、半袖《はんそで》シャツの胸元《むなもと》をはだけ、手でぱたぱたと扇《あお》ぐ。

当然、その豊かな谷間が見える。

「ん〜？　おかりーん、目がいやらしいですよ〜？　そんなにあかりんの谷間が気になりますかな？　きゃっ♡　えっち〜♡」

妙に嬉しそうなあかりの額を、俺はつつく。

「ハシタナイから仕舞いなさい」

「はーい♡」

俺が何を言っても、あかりは嬉しそうにする。

「飯はまだだろ。先に昼飯食ってから中を回るか」

「オッケー！」

「何が食べたい？」

「んじゃ美味《おい》しいパスタ屋知ってるからさ、案内するよ！」

あかりは俺の手を自ら摑《つか》むと、先だって歩き出す。

俺は彼女の後ろをついて行く形だ。

「おい、おまえ……手をつなぐ必要ないだろ」

「あるもん、大ありだよ。迷子になったら困るし〜？」

「お前要領良いんだから、迷子になんてならないだろ」

「そーゆー問題じゃあないんだなぁこれが」

あかりが前を歩く。

「……うっそ、何あの子、ちょー美人」

「……顔ちっさ。脚ながっ」

「……おっぱいでけえ」

金髪に碧眼《へきがん》の美少女が、制服を着て歩いているのだ。

とても目立っている。

「……隣のおっさんだれ？」

「……彼氏かな、うらやまし！」

「……ばっか、父親だろうどう見ても。そうじゃなきゃオカシイ」

……俺もまた目立ってしまっている。

だが、なるほど……制服にすることで、俺が父親って見られるから、目立ってもあまり問題にならないのか。

「やるな、あかり」

「でっしょー？　アタシだって色々考えてるんだよん」

「おまえは昔から妙に気の回るやつだったからな」

あかりに手を引かれながら、俺はフードコートを通り過ぎて、ショッピングモールの奥へとやってきた。

あまり目立たない場所に、目当てのパスタ屋があった。

俺たちは窓際の席に座る。

「あ、おかりん。Ｂランチおすすめだよー」

「じゃあそれ二人分にするか」

店員は注文を取ると、頭を下げて去って行く。

「ここ静かだし、値段も安いし、美味しいしおすすめなんだー」

「ほぉ……色々知ってるんだな」

「まぁね〜。色々いって、レシピの参考にしてるんだ」

なるほど……。彼女が作る飯が、店の料理より美味《うま》いのは、そういう努力があってこそなのだな。

「あかりは、こういう店でバイトしてるのか？」

彼女はカフェと洋食屋の二つ掛け持ちでバイトしているのである。

「そー。あ、でもお店の場所は秘密だよ。カフェはバレちゃったけど」

「なんで秘密なんだ？」

「んふ〜♡　女は秘密を着飾って美しくなるんだからね」

「おまえ、昔からその漫画好きだな」

よく塾でコナンごっこさせられた。

だいたい俺が眠らされる役だった。

「あったりまえじゃん！　漫画もアニメも日本の誇れる文化だもん！　あ、おかりん最近なに漫画読んだ？」

「『デジマス』が面白《おもしろ》いな」

「だよねー！　あれ今ちょ〜〜〜〜〜〜〜〜面白いよね！」

あかりは、趣味として漫画などを好んでみる。

「お姉にいっくら勧めても読んでくれなくってさー」

「菜々子は今も漫画読まないのか？」

「うん。漫画の読み方がわからないって。コマが多すぎて。わざわざコマに番号振ってあげなきゃ読めないとか、おばあちゃんかっつーの」

そこへ、ちょうどパスタがやってくる。

「おかりん、おかりん♡」

「なんだ？」

くるくる、とフォークでパスタをまいて、俺に差し出す。

「あーん♡」

「調子乗るな。外だぞここは」

「中ならいいの～？」

「行儀悪いからそういうのは止めなさい」

「ちぇー……」

あかりが、サイドテールの髪の毛が皿に掛からないように、髪をかき上げながら食べる。

その仕草が妙に艶《つや》っぽかった。

「おやおや～？　おかりんってば、アタシの色っぽい動作にどきどきしちゃったかんじー？」

にやにや、とあかりが笑いながら言う。

「いや、お前も大人になったんだなってちょっと感動したよ」

「保護者目線じゃん！　あーもー！」

じたばた、とテーブルの下で足をばたつかせる。

「その癖《くせ》を直さないうちは、まだまだ子供だな」

「うー……難攻不落過ぎる～……がっくし」

パスタのあとに、ティラミスが運ばれてきた。

セットのデザートだそうだ。

また「あーん♡」とやってきたので、額をつついておいた。

あかりはティラミスを一口食べると、スマホを取り出してフリック入力する。

「何メモしてるんだ？」

「レシピ」

「一口食べただけでわかるもんなのか？」

「うん。一口食べればだいたいは再現できるよ。完食すれば盤石かな」

「おまえは結構すごい特技持ってるな」

「んふ～♡　でしょ～？」

あかりは上機嫌にメモを取り終えると、残りのティラミスを食べる。

「今度家で作ってあげるね！」

俺はその後、あかりのプレゼントを買いにショッピングモールをうろつく。

「あ！　おかりん！　『ダ●ジョン飯』の新刊が予約できるって！　注文していいっ？」

「おかりん見てみて！　新作のバッグ！　ちょーいかす〜！　ほかのも見てきて良いっ？」

「おかりんゲーセンあるよ、寄ってこねーねー！」

姉の菜々子と同じルートを辿《たど》っている。

菜々子は、自分でどこか行きたい場所を言わず、おれの後ろをついてくるだけだった。

欲しいものを聞いても、なかなか見つからないでいた。

だがあかりは違う。興味がポンポンと湧《わ》き、さらにあれがほしいこれがほしいと、欲しいものがたくさんあるようだ。

引っ込み思案な姉と、まさに対照的であった。

……だが、意外なことに。

「よし、満足！　次の店いこっ」

雑貨屋に俺たちはいる。

可愛い小物があったからと、あかりは手に取って見た。

だが、それだけだ。

「なああかり。さっきから一個も買ってないんだが、いいのか？」

「漫画の新刊の予約はしたけどー？」

「いや、それだけだろう。おまえ、バイトしてるんだから、金には余裕があるのに、どうして買わないんだ？」

「まあね。でもねぇ〜……んー……笑わない？」

「ああ。言ってごらん」

あかりが頬を赤くすると、照れくさそうに笑って言う。

「将来お嫁さんになったときに、蓄えを持っておきたいんだ。旦那が困ったときに使う時用の……って、ダサいよね」

「そうか？　全然ダサくないよ。ほんと、偉いなおまえ」

俺はあかりの頭を、ぽん……となでる。

「え……？」

ぽかん、とあかりが口を開く。

「どうした？」

「あ、いや……これ言うとさ。同級生の子からは、似合わないとか、まじめかー、って茶化されるのがいつもだったからさ」

あかりは頬を赤く染めて、髪の毛の先をいじりながら、もじもじする。

「褒められて……ちょっと、ううん、すっごくうれしくてさ」

へへっ、と小さくあかりが笑う。

この子は本当にうれしいときは、控えめに、上品に笑うのだ。

だから、本心なのだろう。

「店の前だと邪魔だから、いくか」

「うんっ」

あかりが手を伸ばしてきたので、俺が今度は、その手を掴んでやる。

「ふぇ……!?」

眼をまん丸にして、あかりが妙な声を上げる。

「なんだ?」

「あ……いや……その……」

首筋まで赤くしながら、しどろもどろに、あかりが言う。

「さっきまでも手をつないでたのに、今は照れるのか?」

「ふ、不意打ちがダメなのっ! アタシがからかうのはいいけど、おかりんがからかうのは禁止っ!」

「そうか。すまんな」

「あ、やっぱなし! 不意打ちは……いいけど、その……人前じゃないところ……ね?」

あかりも菜々子も、昔から知っている。

十年前と変わらない部分と、そうでない部分がある。

そして、十年前じゃ知り得なかった部分もあって……それを見つけるたび、俺は彼女たちの成長を実感する。彼女たちも大人になったんだなと、そう思える。俺は……どうなんだろうな。

★

結局あかりは何も買わず、俺からのプレゼントも選ばず、俺達は帰路についた。

「ほんとに買わなくて良かったのか？」

「うん。いーの」

「遠慮しなくて良いんだぞ」

「ふふーん、あまい、あまいよカ●ジ君」

「誰がカイ●君だ班長」

にしし、とあかりがいたずらッ子のように笑う。

「プレゼントを買うって口実が残っていれば、またおかりんと、二人きりでデートできるじゃん♡」

あかりが俺の腕にぎゅっ、と抱きつく。

「アタシにとって、プレゼントなんかより、おかりんとこうして、一緒に楽しく、どこかへ出かける方が……最高のプレゼントなんだ」

あかりの意見を聞いて、俺は尋ねたくなった。

「デートって何か欲しいときにするんじゃないのか？」

「ちがうよ。お金なんて、プレゼントなんて要らない。おかりんがいればねそれで十分」

……女性の価値観って、本当に色々なんだな。

あかりが俺の顔を見て、こんなことを言う。

「前妻のときは、違ったの？」

察しのいいあかりは、すぐに俺が何とくらべたのか気づいた様子だった。

「ああ、出かけるたび何か買ってくれって言われてたな」

「うっわ、最悪。男をサイフとしか見てないなこりゃ」

「だな。完全にそんなタイプだった、なぁ……」

ふと……俺は気づく。ミサエの話題が出て、あいつから酷《ひど》い扱いを受けていた過去を思い出しても、普通に、昔話にできてる。きっとこれも、あかりたちがもたらしてくれた良い変化なのだろう。

「おかりん……？」

「いや、今日はありがとな」

「ん！　どういたしましてっ！」

第八章　JKと俺の過去

夢を見ていた。それは、俺がまだ大学生だった頃。

『お願いします！　娘さんを、ぼくにください！』

俺はミサエの父に、結婚を許してもらおうと、会いに行った。

『ふざけるな、娘を、貴様なんぞにやれるか』

『ど、どうしてですかっ？』

ミサエの父……長野江良蔵《ながのえらぞう》。長野は俺を、小馬鹿《こばか》にしたようにして、言う。

『貴様、こんなもの書いてるんだってな』

俺の前に、それを放り投げる。

一冊の、ラノベだった。作者名は……おかたに。

俺の……ペンネームだ。

『くだらん、くだらんなぁ、こんなもん』

……こんなもの。そんな風に言われて、俺は血が出るほど、唇をかみしめた。

それ一冊作る苦労を、こいつは知っているのか。

デビューまでに、どれだけの時間を、情熱を、俺がそこに込めたのか……知っているのか？

はらわたが煮えくりかえり、思わず殴りかかろうとしてしまった。

『まさかと思うが、卒業後、これ一本で食っていく気ではあるまいな？』

……だが、義父の一言で、一気に冷静になる。

作家業一本で食っていく。それが、どれだけ大変なことか。

俺は知っている。だって……落ちているその本の、続きを書かせてもらえないから。

『そ、それは……』

『バカな男だ。現実がまるで見えてない。貴様のような夢見がちな若造が、わしは一番嫌いだ』

俺は、何も言い返せなかった。

現実が見えてない、確かに、そうかもしれない。

『とにかく、こんなものを一生の仕事にするような男に、大事な娘はやれんなぁ』

『………』

『もしどうしても娘が欲しいというのなら……そうだな。タカナワにでも就職したら、ま、考えてやっても良いな』

タカナワ。ラノベに限らず、出版業界でナンバーワンの大企業だ。

『もっとも！　貴様のような現実が見えてない男には、到底、無理だろうけどなぁ……！』

ミサエの父に馬鹿《ばか》にされて、俺は冷静になった。

これから結婚して、家族を養っていかなければならない。

だれかを養うためには、金が要る。

安定した収入が要る。作家というものの収入が……いかに不安定か。
悔しかったが、俺はミサエの父の暴言によって、気づかされてしまった。
彼の言うことは、親として正しい。
自分の娘を、こんな夢見がちな若造に渡したくない。
娘には幸せになって欲しいからこその発言だろう。
まあ相手を貶《けな》すのはどうかと思うが、理解できなくはない。
『…………』
そのときの俺には、二つの道があった。
夢を持ち続けて、一人で生きていくか。
夢を捨て、現実を妻と生きていくか。
夢と現実、どちらを取るか悩んだ末に、俺は現実《ミサエ》を取った。
その当時の俺は、まだ理解していなかった。ミサエという女が、どういう女なのか。
俺が手に取ったのが、間違いの選択肢だったことを。
『……わかりました』
ミサエの父は、鳩《はと》が豆鉄砲くらったような表情になった。
『タカナワに就職すれば、ミサエさんと結婚させていただけるのですね？』
『あ、ああ……ふ、ふんっ！　できるもんならやってみろ！』
『はい、わかりました』

『ふんっ！　簡単に言ってくれる。それがいかに難しいことか、わからぬようなバカには、娘はやれん！』

……こうして、作家おかたには死んで、編集者岡谷光彦《おかやみつひこ》が誕生したのだ。

★

……ゆっくりと目を覚ます。寝汗で背中がびっしょりと濡《ぬ》れていた。

「はぁ……」

昔のこと、また夢に見ていた。忘れたい過去。何度も繰り返し見た悪夢。

忘れよう、忘れようって何度も思った。でもふとした拍子に思い出してしまう。

「ああ……くそ……」

過去の選択を、俺はまだずっと引きずっていた。もしもあのとき、俺はミサエを選ばない、別の選択をしていたら……。

そう、たとえば、あのとき仲の良かったあいつと結婚していれば……。

「…………たられば、か」

～したら、～していれば、を使う機会が、大人になってから増えた気がする。

ＪＫたちと暮らすようになり、心の傷が少しずつ癒《い》えている今でも、考えてしまう。

あのときああしておけばよかったと……。過去の亡霊が、いつだって俺に後悔の念を抱かせる。

「……はぁ」

いかん、こんな暗い顔をしていたら、ＪＫたちに笑われてしまう。それに、昔のことを悪く言うのもよくない。

昔、俺と仲良くしてくれた、彼らまで否定してはいけない。

「……そういえば、どうしてるかな」

人生で一番仲の良かった友達のことを、ふと思い出す。一人は、今でもすごい活躍してることは、知ってる。同じ業界にいるからな。

でももう一人については、今どこで、なにをしてるのか……わからない。

「……今何してるんだろうな、贄川《にえかわ》のやつ」

★

その日、俺は喫茶あるくまで、るしあ先生と打ち合わせをしていた。

窓際の席に座りながら話していると、ふと、彼女が外の様子に気づく。

「む？　雨だな」

「ああ、本当だ。先生、傘はお持ちですか？」

「いや。でも大丈夫だ。使用人に迎えに来てもらうからな」

使用人……か。やっぱりこの娘、すごい金持ちなのだろう。

るしあ先生は携帯で連絡を取る。すぐに、迎えが来るとのことだった。

「おかや、すまない。少し席を離れる。迎えの者がくるかもしれないが、待たせておけ」

「わかりました」

るしあ先生は立ち上がると、トイレへ向かう。一人残された俺は窓の外をぼんやりと見ていた。

しばらくした後、一台のリムジンが止まる。そこから高身長の、綺麗《きれい》な女性があらわれた。

「……？」

サングラスをかけている、スタイル抜群のその女性に、俺はどこか見覚えがあるような気がした。

彼女はキョロキョロと周囲を見渡し、ふと、俺と目が合う。

「……なんだ？」

彼女はその場を行ったり来たりした後、意を決したような表情でうなずいて、店内へと入ってきた。

そして、まっすぐにこちらへとやってくる。

「あの……」

その声、そしてサングラスの奥の瞳《ひとみ》。それらが刺激となって、俺の記憶の蓋が開く。

「え？　贄川……？」

長身に、艶《つや》やかな黒い髪。メリハリのあるボディに、しゅっとした体つき。

「贄川じゃないか」

そこにいたのは、一緒の大学に通っていた友達。贄川一花《いちか》だった。

彼女はパァ……と明るい笑顔を浮かべた後、すぐ咳払《せきばら》いをして言う。

「……よ、よくあたしって、気づいたわね。大学の時から、もう随分と時間が経《た》ってるのに」

贄川がサングラスを取ると、口元を少しほころばせていた。

「友達の顔を……忘れるわけないだろ」

「…………」

贄川は、目を丸くする。口をパクパクとさせたあと、サングラスをすぐに装着した。

「んんっ……！　久しぶりね、おきゃ……岡谷くん。七年くらいぶりかしら」

「そうだな。俺の結婚式ぶりか」

卒業と同時に俺はミサエと結婚した。

その際、贄川ともう一人の友達を式に招待した。

彼女とはそれっきり、今日まで会う機会はなかった。

懐かしさはある……がそれ以上に。

「なんで、おまえここに？」

「お嬢様を迎えに来たの」

「お嬢様って……」

んっ、と彼女が前の席を指さす。まさか……。

「開田《かいだ》るしあ先生のことか？」

「ええ。あたし、彼女の家で、家族と一緒に使用人兼ボディガードみたいな仕事してるの」

「まじか……おまえ、そうか。運動得意だったもんな」

ふと、贄川の後ろを人が通っていくのを見た。

彼女はるしあ先生を迎えに来たらしい。まだるしあ先生が戻る様子はない。

「立ったままなのもあれだし、座って待ったら？」

「そ、そうね……そうさせてもらうわ」

すっ、と贄川が俺の隣に腰を下ろす（四人がけ席だ。ちなみにるしあ先生は正面に座っていた）。

「あ、その！　変な意味はないから！　ただ単に隣に座りたいだけだから……！」

わたわた、と慌てたように贄川が言う。ああそうだった、彼女、見た目はできる女風なのに、ちょとおっちょこちょいで、照れ屋なところがあった……な……。

「え、お、岡谷君⁉　どうしたの？」

「いや……すまん……なんというか、その……」

途切れたと思った過去との繋《つな》がりが、実は切れていなかった。それが嬉《うれ》しくて、ちょっと涙ぐんでしまった。

と、そこへ……。

「一花。すまない待たせた」

るしあ先生がトイレから戻ってきた。一花は立ち上がって一礼する。

「お嬢様、お迎えにあがりました」

「うむ……。む？　ど、どうしたおかやっ？」

涙ぐんでる俺を見てるしあ先生が心配そうに話しかけてくる。

「すみません、ちょっと懐かしい女性との再開に、感極まってしまって」

「む？　一花……おまえ知り合いなのか、おかやと？」

一花はちょっと気まずそうに「大学の同級生です。七年ぶりの再会で」と説明してくれる。

「そうだったのか。すまないな、会話の邪魔をしてしまい」

「いえ……すみません。るしあ先生も来たことですし、今日は解散としましょうか」

すると一花が慌てて「あ、あの！　岡谷君、家まで送ってくよ！」と提案してくれた。

「そりゃ……ありがたいけど……」

使用人ってことは、るしあ先生の許可も必要となる気がするのだが。

るしあ先生はうなずいて言う。

「そうだな。一花。おかやも送ってやってくれ」

「はい！」

一花は本当に嬉しそうに、うなずくのだった。

★

一花が俺の家まで、車で送ってくれることになった。

その間、るしあ先生からあれこれ質問されていた。

「す、すごいな……おかや。京櫻《けいおう》と並ぶ、日本トップの大学、羽瀬田《わせだ》出身だとは。いや、おかやの仕事っぷりはさすがだし、羽瀬田出身なのもうなずける」

うんうん、と感心したように、るしあ先生がうなずく。

勉強には才能が要らないから、得意なのだ。

「恐縮です」

「岡谷君昔からすごかったからねえ」

「よしてくれよ贄川。おまえと王子《おうじ》に比べたら全然だよ」

するとるしあ先生がふくれっ面をして言う。

「敬語はやめると言ってくれたじゃないかー‼」

「……すまん、そうだったな、るしあ」

ほどなくして、俺の家の前まで到着。

一花はるしあと一緒に、玄関先まで見送ってくれるようだ。

「ありがとな、贄川」

「ううん、どういたしまして」

と。そこへ……。

「「じとー……」」

玄関のドアが開き、そこからＪＫ達が顔を覗《のぞ》かせる。

「おかりん……」

「……せんせぇ、新しい女」

なんだか勘違いしてる様子だ。

あかりはばっ、と玄関から飛び出ると、俺の前に立ち、一花に言う。

「はじめまして～♡　光彦の妻です☆」

「妻っておまえ……」

あははは、と一花が苦笑してる。……ん？　苦笑？

「初めまして、岡谷君の友達の贄川一花です」

「友達～？　怪しい……るしあ！　かもーん！」

あかりがるしあを手招きする。るしあは首をかしげながら、彼女の隣へと移動。

「……ちょっとあれどういうことっ？　てゆーか、あんたとあの美女との関係はっ？」

「贄川は単なる使用人だ」

「なぬぅう！　もっと詳しく聞かせろい！」

「いやワタシこれから家に帰るのだが……」

「どうせ学校なくて、暇なんしょ？　泊まってきなよ。ねえ？」

「⁉」

るしあが目を剝いてあかり、そして菜々子《ななこ》を見やる。そして、俺の方を見て聞いてくる。

「お、おかや……その、泊まっても……いいかな」

泊まりか。正直独身男性のもとに、こんな綺麗で若い女子が泊まるのはよろしくないと思うのだが（ただでさえＪＫ二人と同居して、周りから誤解されそうなのに）。

しかし……待てよ。菜々子もるしあも友達が居ないと言っていた。となると、二人は友達とお泊まり会というものとは縁遠い存在だったろう。菜々子とるしあ、どっちも俺にとっては大事な子供たちだ。子供には楽しい思い出を作ってやりたい、大人として、そう思う。

「保護者の了承が得られるなら、俺は大歓迎だよ」

「！　ちょ、ちょっとおじいさまに連絡してくるっ」

一花は持っていた傘をるしあに渡す。

るしあが携帯を手に、俺たちから離れる。あかりは「お泊まりの準備だ！」といって部屋の中へと戻っていった。

一人残された彼女は俺に頭を下げる。

「ありがとう、お嬢様のわがまま聞いてあげて」

「いや、気にすんな。あんなのわがままでもなんでもないよ。ミサエに比べたらな」

「ミサエ……長野さんか」

「ああ……」

……気まずい雰囲気が流れる。そうだよな、大学出てから今日まで、俺は仲の良い友達である一花と、連絡を取らないでいた。友人よりも、妻（元だけど）を優先させていたんだ。

「すまん……今日まで連絡取らなくて」

「え？　ああ、いいのいいの！　気にしないで！　てゆーか、とろうにも取れなかったと思うよ」

「どういうことだ？」

「実は岡谷君の結婚式の日に、携帯クラッシュして、ラインとかのデータ、全部なくしちゃって……。電話番号も新しいものにしちゃったし」

そう……だったのか。仮に連絡取ったとしても、取れなかったのか……。

「だとしても、取ろうとすらしなかった理由にはならんよ。すまん」

「ううん、あたしも……仕事あったし……」

「そっか……お互いもう、アラサーだもんな」

七年の間に、俺も一花も色々あった。……そうだよな。色々。

「少し上がってくか？　積もる話もあるし」

「………！」

一花が一歩前に出る。

だが……ハッ、と何かに気づいた顔になる。

俺……というより、俺の後ろにいるるしあを見て、一花が首を振る。

「嬉しいけど、今あたし……仕事中だから」

「あー……そうか。そうだったな。すまんな、無理にさそって」

「ううん、気にしないで。嬉しかったから」

「そうか……」

本当は色んな話をしたかった。仕事中ならしかたないな。……なら、逆に仕事がないときに話すのはどうだろう。そうだよ、もうミサエはいないんだ。再就職もしたし、時間にも金にも余裕がある。

「なあ、今度飲みに行かないか？」

「「えぇッ……⁉」」

「お、おかやっ⁉」

一花が驚く……そしてなぜかるしあも驚いていた。

「あ、あたしと……ふ、二人きりで⁉」

どうやらるしあは、保護者との連絡が付いたようだ。

「？　いや、王子も誘おうかと思ってた」

「おーじ？」

はて、とるしあが首をかしげる。

一方で、一花は心当たりにすぐ気づいた。

「そっか……。白馬《はくば》くんとは、同じ仕事してるんだっけ」

「同じ仕事と言うか、まあ仕事の付き合いで何度も顔合わせてる」

一花が、なるほど……とうなずく。

「そうね……三人なら」

「うむ……三人なら」

るしあが会話に入りたがっていた。

子供はよく、大人同士の会話に口を挟みたがるから、まあ特に気にしなかった。

「岡谷くん、じゃあ……セッティング任せて良い？」

「ああ。王子に予定聞いて、決まったらまた連絡するよ」

「ありがとう。でも……久しぶりだわ。彼とも七年ぶり。あたしのこと覚えてるかしら？」

「王子が友達の顔忘れるわけないだろ」

「それもそうね。ふふっ」

……すると、るしあがぎゅーっ、と俺の腕を引っ張る。

「おかや、いつまで仲良く話しているのだ。贄川は仕事の最中だ、あまり邪魔しないであげてくれ」

「あ、ああ……そうだったな。すまん贄川」

「ううん、気にしないで」

一花は手を振ったあと、車に乗り込み、去って行った。

残された俺とるしあ。そして……。

「はーい、おかりーん♡」

背後に、にっこりと笑うあかりと菜々子がいた。どこか怒気をまとわせている。

「尋問タイムね～♡」

「いや尋問って……」

「……せんせぇ♡　デートするって本当ですかぁ？」

「いやデートって……」

二人とも怒ってるのがすぐわかった。しかし何に怒ってるのだ……？　同級生と再会してただ一緒に飲むだけなのに。

「おかや……詳しく」

「おまえもかよ……」

★

それから、二日後。俺は都内にある、ホテルの最上階まで来ていた。

今日、久しぶりに、大学時代の友人達と飲む。

ホテルのエレベーターを出て、奥の店へと向かう。

「いらっしゃいませ」

整った制服の店員が、俺に話しかけてきた。

「すみません、白馬で予約してあると思うんですけど」

「お連れ様は既にご到着です。御案内いたします」

俺は店員に連れられて、店の中へと入る。

中は落ち着いた感じの内装だった。

照明はあえて暗くされており、耳障りにならない程度のクラシックが流れている。

バーカウンターもあるが、個室も完備しているらしい。

俺が通されたのは、一番奥の、高そうな部屋だった。

中に入ると、白いスーツを着た、高身長の青年が座って、一人飲んでいた。

白いスーツ、白い革靴、胸には赤いバラ。

亜麻色の髪と、甘いマスク。

どこの物語の王子さまだよ、とツッコみたくなる。

「おお！　我が友よ！　遅かったじゃないか！」

「すまん、遅れたな……王子」

窓際に座っていたのは、白馬王子。

俺の、大学時代の友人のひとりだ。

「なに、時間ぴったりだ。むしろ私が早く来すぎてしまった感がある」

俺は王子の正面に座る。

「何時から来てたんだ？」

「一時間前かな」

「早ぇよ」

「今日は大事な友人との会合だ、絶対遅れてはいけないと思ってね」

くすくす、と王子が上品に笑う。

「失礼いたします」

店員がやってきて、王子が既に飲んでいたグラスを片付けていく。

「あの……白馬先生、ですよね？　『グリム』の？」

店員が王子に、恐る恐る尋ねる。

「ああ、そうだよ」

「やっぱり！　わたし『グリム』の大ファンなんです！」

グリム。『灼眼《しゃくがん》の処刑少女グリム・ガル』の略称だ。

白馬王子が手がけ、アニメ化も果たした、大ヒットラノベ作品だ。

漫画、アニメ、アニメ映画と、メディアミックスされている。

若い層から年寄りまで、男から女まで、『グリム』を楽しんでいる。

今や、ラノベ業界といえば、『デジマス』のカミマツ、そして『グリム』の白馬王子。

彼らが双璧をになっているといっても過言ではない。

それくらい、王子の作品は人気で、さらに王子自身の人気もある。

ラノベ作家にしては珍しく、王子はメディアへの露出をしている。

しかもなんとモデルまでやってて、大企業の息子なのだから、モテて当然だ。

「ありがとう、お嬢さん」

「わぁ！　すごい生の白馬王子さまだ……あの！　サインください！」

これはさすがに止めないとな。

「すみません、彼は今、プライベートで来てるんです。サインはご遠慮ください」

「あ……そ、そう、ですよね、すみません……」

俺が言うと、露骨に店員はがっかりする。

「まあ光彦。いいじゃないか。お嬢さん、サインをしてあげよう」

「本当ですかっ？」

「もちろんだとも」

にっこり、と王子が、嫌な顔一つせず承諾する。

紙ナプキンに王子がボールペンでサインをすると、店員に手渡す。

「私の作った作品を、愛してくれてありがとう、お嬢さん。これからも好きで居てくれるとうれしいな」

「はい！　もちろん！　これ……大事にします！」

店員が笑顔で去って行く。

「おまえな……気軽にサインするなよ。人気作家なんだから、一人サインしたら大騒ぎになるぞ」

「すまないね。しかしファンは大事にしたいのだよ。我が子《さくひん》を愛してくれる人は、みな私の愛すべき隣人だからさ」

「まったく、お前は相変わらずだな」

そんな風に笑い合っていた、そのときだ。

「遅れてごめんなさい、岡谷くん、白馬くん」

部屋に、一花がやってきたのだ。

今日はスーツ姿ではなかった。ニットのノースリーブに、白いスラックス。

シンプルな服装だが、本人がモデル顔負けの外見をしているため、調和が取れている。

「おお！　一花くん！　とても久しぶりじゃあないか！」

王子は立ち上がると、一花の手を摑《つか》んで、上下に振る。

「元気だったかい？」

「ぼちぼちね。そっちも元気そうね」

「ふははは！　当然さ！」

きらっ、と白い歯を一花に見せる。

彼女は嬉しそうに笑う。

久しぶりに王子に会えて嬉しいのだろう。

「まずは再会を祝して乾杯と行こうか」

ぱちんっ、と王子が指を鳴らす。

そのタイミングで、酒が運ばれてきた。

「おい、まだ注文してないのに、なんで酒が出てくるんだよ」

「あらかじめ注文しておいたのだよ。今日は暑いし、早く冷たいお酒を飲みたいだろうと思ってね」

俺たちの前に出てきたのは、俺と一花、それぞれが好きな銘柄の酒だった。

「相変わらず段取りのいいやつだ」

「ふっ……では、久しぶりに、藪原《やぶはら》ゼミの三人衆の再会を祝して……乾杯！」

チン……と俺たちはグラスを付き合わせたのだった。

★

俺、王子、一花。俺たちは同じ大学に通っていて、同じゼミに所属していた。

薮原教授のゼミ。そこで俺たち三人は、大学時代を過ごしていた。

ホテルのバーの、個室にて。

「けど意外だったよ、王子」

「ん？　何がだい？」

王子が長い脚を組み、優雅にグラスワインを啜《すす》っている。

「王子と贄川が七年ぶりだったことにだよ。もっと頻繁に会ってるのかと思ってた」

俺は一花と、結婚式以来、会っていなかった。

まあお互い社会人だし、俺は結婚していたこともあって、それはわかる。

だが、王子は違う。独身だし、なにより……。

「おまえらって、付き合ってたんだろ？」

「「ブッ……！」」

王子と一花が、それぞれ吹き出す。

「げほっ、ごほっ……！」

「に、贄川……大丈夫か？」

俺は彼女の背中をさする。

彼女は長い髪を、今日はバレッタでまとめてアップにしていた。

白いうなじを見るとどきりとする。

「あ、ありがとう……岡谷くん」

「おいおい、光彦。何を勘違いしてるのだね」

はぁ〜……と王子はため息をつく。

「一花くんとは友達だよ。昔も今もね」

「え？　そうだったのか？」

俺は一花を見やる。

彼女は、どこか拗《す》ねたように、俺をにらみつける。

「そ、そうよ……白馬くんは友達。どうしてそういう話になるのよ」

「いや……だって、おまえらよく飯行ってただろ？　俺抜きで」

「それは……相談に乗ってもらってたのよ」

「相談？　何の？」

ちら、と一花が王子を見やる。

「それは乙女の秘密さ。あまり深くツッコんであげるなよ」

「まあ別にいいが」

「重要なのは一花くんが昔も今もフリーで、光彦、君が今はフリーだということだろう？」

「は、白馬くん⁉」

顔を赤くする一花に対して、王子は上品にワインをすすりながら言う。

「七年ぶりの再会だ。何かないのかね？　彼女がどう変わったかとか」

「そうだな……」

俺は一花をつぶさに見る。

女なのに、高い身長。

すらりと長い手脚。そして目を見張るほどの大きな乳房。

白い肌に、鴉《からす》の濡れ羽のような黒髪。

「……あ、あんまりじろじろみないで」

一花は頰《ほお》を赤く染めて、俺から目をそらす。

酒の影響か、目が潤んでいた。

「七年前より筋肉ついたか？」

「…………………………」

一花が一瞬で、死んだ目になる。

「ふはは！　君は相変わらず、自分に向けられてる好意にはまったく無頓着なのだね」

王子は実に嬉しそうに笑う。

「しかし女性が聞きたいのは、七年でどう美しくなったかなのだよ」

「ああ、そっか。うん、普通に美人になってるよ。大学のときから、何倍もな」

「そ、そう……あ、ありがとう……」

もじもじ、と一花が身じろぐ。

「で、でも岡谷くん。筋肉は……前より落ちてるわ。腹筋も前みたいに割れてないし」

「全盛期の一花くんの腹筋は、ボディビルダー顔負けにバキバキに割れてたからねぇ」

ちらちら、と一花が俺を見て言う。

「その証拠に……さ、触って……みる？　岡谷くんになら……いいわよ？」

顔を赤らめて、一花が俺を見上げてくる。

「いや、さすがに女子の腹を、外で触る事なんてできないぞ」

「…………そうね」

がっくり、と肩を落とす一花。

王子はそれを見て、こういう。

「何も見知らぬ関係じゃないし。ここは個室になっている。彼女も良いと言っているんだ、触ってあげたまえよ」

「は、白馬くんっ！」

一花がどこか嬉しそうに王子を見やる。

彼はパチンッ、とウインクをした。

「彼の言う通りよ。その……どうぞ」

「まあ、お前が良いって言うなら」

一花は頬を赤らめながら、ニットの裾《すそ》をつかんで、少し上にずらす。

真っ白な肌が、俺の前にさらされる。

「いや……直で触るのはダメだろ」

「そ、そそ、そうね……！　うん、何やってるんだろ……あたし……舞い上がってるのかな……」

あせあせと、一花が服装を直す。

いつもクールな彼女にしては珍しいな。

「彼女は酔って少し羽目を外してしまったのだろう。大目に見てあげなよ」

王子のフォロー。まあそういうことなのだろうか。

「ど、どうぞ……」

一花が俺に腹を向けてくる。俺は彼女の腹筋の辺りを触れる。

「……んっ」

ぴた、ぴたぴた……。

「……あっ。……っん」

すりすり……すりすり……。

「……んっ。……ふっ」

「そうだな。昔ほど割れてないな。ありがとう」

俺は手を放す。一花は赤い顔をして俺を見上げる。

潤んだ瞳、ぽってりとした唇からは、熱い吐息が漏《も》れる。

それを見ていた王子が、苦笑しながら言う。

「私は席を外そうか？　一時間くらい」

「「余計なお世話だ（よっ！）」」

★

その後二時間、あっという間だった。

会計を済ませた俺たちは、ホテルの外に出る。

「では、私はこれで失礼するよ」

ホテルの前に、白塗りのリムジンが停まる。

「贄川を家まで送ってやれよ」

俺がそう言うと、王子はちら、と一花を見て、そして笑って言う。

「悪いね、このリムジン、一人乗りなのだよ」

「ありえねえだろ」

俺は王子を小突くと、彼もまた笑って小突き返す。

「私はこれからマイシスター……妹のお迎えに行かねばならぬのだ」

「なんだそういうことか」

「悪いが、一花くんは光彦、君が送ってあげなよ」

「ああ、わかってるよ」

王子は俺たちを見て、にっこり笑う。

「今日は実に楽しかった。みな仕事でなかなか忙しく、会うのは難しいだろうけど、うん、楽しかった」

大学の時と違って、今俺たちは社会人だ。

彼が言うとおり、気軽に会えない。

「そうだ。今まで光彦が既婚者だったから飲みに誘うのは遠慮していたが……これからは定期的に会わないかい、三人でさ」

「は、白馬くん……それって……」

ぱちんっ、と王子は一花にウインクする。

「別にいいぞ」

「ほ、ほんとっ！」

一花が明るい笑顔で言う。

王子はうんうん、と深くうなずく。

「そうさ。せっかく私たち、あのときと同じく独り身なのだから、自由をもっと謳歌《おうか》しようじゃあないか。なあ我が心の親友《とも》よ」

がしっ、と王子が俺の肩を抱く。

「ジャイアンかおまえは」

「おお、なんだったらカラオケでも行くかい、三人で？」

「いやおまえ、妹迎えに行くんじゃなかったのか?」

「おっとそういう設定だった。カラオケは次回にしよう」

ぱっ、と王子が離れる。

「では諸君! また会おう!」

「ええ」「ああ、必ずな」

王子はバッ、と身を翻《ひるがえ》すと、リムジンに乗りこむ。

音もなく発進すると、王子を乗せた車は去って行った。

「……ありがと、白馬くん。気を遣ってくれて」

「ん? どうした贄川?」

「ううん、何でもないわ。今も昔も、彼は気遣いの鬼だと思っただけよ」

それは同意する。

昔からあいつは、良いやつだ。

「家まで送ってくよ。今一人暮らしだっけ?」

かぁ……と一花は顔を赤くすると、もじもじしだす。

「そうよ。今ひとり。だから……」

「だから?」

一花が何かを言おうとした、そのときだ。

PRRR♪

「悪い、電話だ」

「え⁉　あ、あ、う、うん！　どうぞ」

一花に謝った後、俺は電話に出る。かけてきたのはあかりだった。

「もしもし」

『あ、おかりん。おつー。ごめんね。帰り何時くらいになりそう？　聞いておきたいなって』

しまった、連絡を入れるのを忘れてたな。

「そろそろ帰るぞ」

『「え……？」』

電話越しのあかり、そしてなぜか目の前の一花も驚いていた。

鍵締《かぎし》めてるし大丈夫だとは思うが。

「未成年が家にいるのに、大人が長く外に居ちゃいかんだろ」

『えー、いいのに。てゆーか、せっかく友達と再会したんだから、もっと遊べば良いんだよ～』

あかりが俺に気を遣ってくる。子供がそんなこと気にしなくていいのにな。

「ちょうどお開きだったし大丈夫だよ。すぐ帰るから、家でおとなしくしてなさい」

『はーい。あ、そうだ！　あのね！　おかりん！　すごいものみっけてさ！　気になって』

「すごいもの？」

そんなものあっただろうか……？

一花をずっと待たせたまま、電話を続けるわけにはいかなかった。

「まああとでな」

俺は電話を切って一花に頭を下げる。

「悪い。駅まででいいか」

「あ、う、うん……！　そうだね！　早く帰ってあげて」

俺は一花を駅まで送っていき、そこで別れることになった。

「それじゃ、一花。またな」

「うん、またね、岡谷君」

一花とは逆方向へと歩き出す。その背中に、彼女が言う。

「岡谷君。……あたしね、今も昔も、ずっとあなたを応援してるからね」

……応援？

何のことかわからなかった。だが……酔ってるからか、昔の友達と再会したからか、すぐに……ある苦い思い出がフラッシュバックした。

「……ありがとう」

そう言って口をついて出たのは、社交辞令的な挨拶《あいさつ》。

「じゃあ」

「うん……じゃあね」

俺は急ぎ足でその場を後にする。……思い出したくない過去から逃げるように。……なんて大人げない態度だろう。

あんな昔のことに今更動揺するなんて……。俺も、まだまだだな。

一花《いちか》と別れ、俺《おれ》は真《ま》っ直《す》ぐ帰宅した。

「ただいま」

「おっかえりーん！」

あかりが笑顔で手を振りながら、俺の元へとやってくる。今日も目のやり場に困るくらいの薄着であった。

そしていつもより明るい笑顔で尋ねてくる。

「おかりんとお帰りをかけてみました！　どうどう？」

「ああ」

そういうことか。変な挨拶《あいさつ》だと思ったが。

「いいんじゃないか」

「えへー♡　でしょ～ってそうだ！　そんなのどうでもよくってさー！」

なんだ、機嫌が良かったのは、自分の考えたオリジナル挨拶を褒めて欲しかったからではなかったのか。

あかりは俺の腕を引っ張ってリビングへと向かう。

「菜々子《ななこ》は？」

「お部屋でチョビと戯れてる！　てゆーか、これこれ！　これ見てよ！」

あかりがソファに置いてあったそれを手に取って、俺に見せる。

「じゃーん！」

「！　おまえ……それ……」

彼女の手には、一冊の文庫本が握られていた。

少し前に発売したが、まったく売れなかったラノベだ。なんで知ってるかって……？

「おかりんのお部屋を掃除してたら、発見しました！　『おかたに』……って、おかりんでしょ⁉」

……そっか。ついにバレてしまったか。

ラノベの表紙には、作者の名前が書いてある。【おかたに】は、そう……。

「ああ、俺だよ。昔……書いた作品さ」

……俺は思わず表紙から目をそらしてしまう。その本を見ていると、いやでも思い出してしまうのだ。過去の、忘れたい苦い記憶を。

「えー、初耳なんですけどー！　すっごいじゃん！　おかりん編集だけじゃあなくて、ラノベまで書いてたのっ？　すっごーい！」

……すごいすごいと褒めてくる。そのたび、気持ちが落ち込んでくる。

彼女は、事情を知らない。だから、自分が結構酷なことをしてるって自覚がない。

それじゃあ、怒ってもしょうがないな。だから俺は言う。

「ありがとう」

と、ただそれだけを。張りがないことを指摘される前に……俺はあかりの横を通り過ぎる。

「すまん、あかり。ちょっと出てくるな」

「ほえ？　どうしたのさ？」

……なんて言おうか。何も考えてなかった。とりあえず一人になりたかった、なんて言ったら子供に心配をかけてしまうしな。……そうだな。

「スマホ忘れちゃってさ」

……下手な嘘《うそ》だ。だが純粋なあかりは「はえー、そうなんだ。大変だ。あかりちゃんもついてこっか～？」と言う。良かった、バレてない。

「いいよ。すぐ近くだし。パッと行ってパッと帰ってくるよ。じゃ」

「ふーん……そっか！　じゃあいってら！　おとなしく待ってるよぉーん！」

「ああ。外に出ちゃだめだぞ、夜遅いんだから」

「わかってるって～」

あかりにそう言い残し、俺はその場を後にする。彼女の胸にはずっと、おかたにのラノベが大事そうに抱えられていた。

彼女は知らない、あの本に込められた、俺の思いを。だから、あんな風に無邪気に笑っていられる。……それでいいんだ。傷つくのは大人《おれ》だけでいい。

俺は玄関へと向かう。

「あれ？　せんせぇ？」

菜々子が部屋から出てくる。どうやらチョビは部屋で寝ているようだ。

「帰ってきたのに、いったいどこへ……？」

「ちょっと忘れ物だってさー」

あかりがそう言うと、菜々子は「え……？」と首をかしげる。

俺は菜々子の頭を撫でて、外に出る。……夏のじめじめとした空気が肌にまとわりつく。

……夏は苦手だ。あの日も夏だったから。

おかたにが廃業した……あの日も。

★

俺は歩いた。ひたすら歩いた。足を止めると、思考がマイナスにいってしまうから。

酒が入ってるせいか、それとも大学時代の懐かしい友人と再会したからか、あの頃のことをより鮮明におもいだされる。……後者のせいには決してしたくなかった。酒のせいだ。

「……ぉ」

歩いて、歩いて、歩いて……。

ひたすら歩いて、気づけば県境の橋の上にいた。

俺が住んでいるのは、都内だが、県境に近い街なのだ。歩いてここまでこれる……。

「せ、んせえ……はひぃ～……」

「菜々子……」

気づけば、菜々子が少し離れたところにいた。

彼女はふらふらになりながら近づいてくる。

「おまえ……どうして……？」

「せんせぇ……これぇ……」

そう言って、彼女が俺にスマホを渡してきた。

俺に届けに来てくれたのだろう。……ほんと、良い子だ。でも、ここは大人として叱っておかないとな。

「……ありがとな。でも、夜、一人で女の子が出歩いたら危ないだろ」

「あう……すみません……」

ぺこぺこ、と頭を下げる彼女の姿に、俺は申し訳なさを覚えた。

別に、忘れ物をして取りに行ったわけじゃないからな。

「……悪いな、長く歩かせて。帰ろう」

するとあかりが俺の前に立ち、両手を広げて、通せんぼする。

「どうした？」

「せんせぇ……！」

「？」

「あのその……あの……ええと……あううう……」

……生来の口下手さからか、菜々子は言いたいことをなかなか言い出せないようだ。

「どうした？　言いたいことがあるんだろ？」

塾で菜々子を教えていたときと、同じ対応を取る。言いたいことを言い出すまで待ってあげる。

すると彼女は「すはー」と深呼吸した後……。

「せんせぇ……どうして、嘘つくんです？」

……嘘。

「俺が？　なんの嘘ついたって言うんだ？」

……とっさに嘘をつけるようになっていた。子供の頃は、こんなことなかったんだけどな。大人になっちまったな……いや、悪い大人だ。子供にいくら心配させちゃいけないからって、本心を隠すなんて。

「スマホ……玄関に落ちてました」

「！　……そっか」

俺もまだまだ嘘が下手っぴだな。

菜々子からスマホを受け取る、俺。しばしの沈黙がある。

「じゃ、遅くならないうちに帰るか」

「あ、あの！　その……せ、せんせぇ……」

後ろから、菜々子がぎゅっと抱きしめてきた。ぎゅーっと、強く強く。

「死んじゃ、嫌ですぅ……！」

……死ぬ？　なんでそこまで話が飛躍してるのだろうか……？

「せんせぇ……なんだか暗い顔してます……。しかもここ、橋の上で、川があるから、飛び込むのかなって……！」

……必死に俺を引き留めようとする菜々子。

そんなに死にそうな顔をしてたのか、俺。まったく、まだまだだな俺は。

「死なないって」

「え？　そうなんですか……？　はぁ～……」

くたぁ……と菜々子がその場にへたり込む。

「よかったぁ～……」

菜々子が心からの安堵《あんど》の笑みを浮かべている。俺は申し訳なくなった。

「すまんな。ちょっと外を散歩したい気分だったんだよ」

たいしたことないよってことを説明するために、俺は言わなかったことを告げる。

「ちょっと昔を、思い出しちゃってさ」

「……や、やっぱり」

菜々子が、どこか確信めいたように言う。

「やっぱりって？」

「……あの本のことですね」

……ああ、そうだ。菜々子はおっとりしてるようにみえて、意外と鋭い意見を言うような子だったなぁ……。塾講師時代を思い出して、少し心がほんわかした。

「正解だ。よくわかったな」

昔よく、塾で教えていたときのように、俺は菜々子の頭を撫でる。テストで良い点をとったときや、俺からの質問に答えられたとき、こうしてあげると、彼女は喜んだのだ。

けど彼女は……笑っていなかった。あまり嬉《うれ》しそうではない。

「せんせぇ……聞いても良いですか？」

「どうぞ」

俺はもう隠さない。だってもう、終わったことだからな。

「ラノベ作家、どうして引退、したんですか？」

★

俺は大学生の頃、ラノベを書いていた。そう……過去形だ。もう終わったこと。過ぎ去った出来事だ。だから……。

「そんな思い詰めた顔するなって」

俺は努めて明るい声で言う。……胸の奥が確かにチクリとする。けど、俺は笑った。

タブーに触れた、とでも思ってるんだろう。でもこの子の優しいところは、妹のやったことまで、

きちんと姉である自分が謝るところだ。ほんと、優しい子だよ。

だから余計に心配させちゃいけない。

俺は川を見下ろしながら言う。

「よくある話さ。暇を持て余した大学生が、その時間を使ってラノベを書いた。そしたらたまたま新人賞に通ってさ。デビューしたってわけ」

……俺の言ってることは間違いではない。

が、正しくはない。確かに大学生の暇な時間にラノベを書いた。

……暇な時間、全てに。

「でも今もだけど、昔も出版業界って厳しいからさ。デビュー作品まったく売れなくてね。その後も二シリーズくらい書いたけど、これがもう笑っちゃうくらい売れなくってさ。そのまま引退したって感じ。全然たいしたことないだろ？」

茶化すような言い方をする。ちらと菜々子の反応をうかがってしまった。

……彼女は、やっぱり落ち込んでいた。俺の過去に触れて、辛《つら》い過去を思い出させてしまったことを、悔やんでるんだろう。

俺は彼女の頭をポンポン撫でる。

「もう昔のことだ。今は全然きにしてないよ」

そう……今はもう昔のことだ。あのとき売れなかった。ラノベ作家の才能が無かった。

俺はもう……そう結論づけた。終わったこと。

「引退は英断だったと思ってるし。その後、結婚とか就職とかで忙しくなったから、どのみち早い段階でラノベ書かなくなってただろうからな。やっぱりムズカシイよ、ラノベで食ってくのって。王子《おうじ》やカミマツ先生はすごいぜ」

「…………」

菜々子が何か言いたげだった。俺が本心を言ってないことを察したのだろう。

……あのときは確かに辛かったさ。あのときはな。でも……。

「今はなんとも思ってないよ。これはほんとさ。ありがとな、心配してくれて。おまえはほんと、優しい子だよ」

それで話は終わり。俺は菜々子の頭を何度もポンポンして……。

「んじゃ、帰ろうか」

「……………そう、ですね」

俺たちは歩き出す。菜々子は何度も俺を見上げてきた。言いたいことがあるときのサイン。

でも……今はあえて気づかないふりをした。

俺の過去は、人から見れば重いものに見えるだろう。人一倍優しいこの子がそれを聞いたら、きっと同情し、泣いてくれるかもしれない。……でも俺にとっちゃもう終わったことだ。そんなことでこの子に悲しい思いをして欲しくない。子供に、泣いて欲しくないのだ。

「……早く大人になりたいです」

菜々子は賢い子だ。きっとの俺の心の中くらい、察しがついてるだろう。

でも俺の気遣いを悟って、多くを尋ねてこようとしなかった。

ごめんな、菜々子。

「おまえはもう、十分大人だよ」

それは、大人に嘘《うそつき》なってしまった俺にしては珍しい、本音だった。

★

菜々子と一緒に帰路についていたそのときだ。

「きゃー！　やめてってばおっさん！　離してよぉ！」

自宅近くの路地にて。女の悲鳴が響き渡る。

「あか」『あかり……！』

俺もすぐに彼女の悲鳴だと気づき、急いで現場へと急行する。

そこには、赤ら顔のおっさんがいて、あかりに絡《から》んでいた。

「いいじゃん姉ちゃん、おっぱいそんなでっかいんだからさぁ、ちょっとくらい触らせてよぉ」

「嫌だって！　やめてってば！」

……おっさんは完全に顔が赤くて、酔ってるのが明らかだ。一方、あかりは本気で嫌そうにしてるのが声でわかる。逃げようとする彼女の手を摑《つか》んで、おっさんがあかりの胸に触ろうとしてた……。

だから、俺は躊躇《ちゅうちょ》しなかった。

ぱしっ！

「え？」

「悪く思うなよ」

おっさんの手を強めにひねりあげる。

「いーーーーーてててて！　痛いってやめてって折れるってぇえええええええ！」

あかりはその場にへたり込む。すぐさま菜々子が彼女のそばにかけよって、肩を抱く。

「あかりちゃん！　大丈夫!?」

「お姉……う……うん。大丈夫だよ……」

「よかったぁ～……」

大粒の涙を目に浮かべる菜々子。あかりは「おーげさだなぁ」といつもの調子で言う。

……だがその肩が小さく震えてるのがわかった。……俺は頭に血が上りかけるが、すぐさま冷静に戻る。

「酔ってるからってして良いことと悪いことの区別くらい、つかないのか？」

「ううう……うぅううう！　なんだよおお！　いいじゃあねえかよぉおおおお！」

おっさんが急に泣き出した。暴《あば》れる様子もなかったので、いったん腕を放してやる。

菜々子たちはすぐさまおっさんから距離を取った。

電灯の明かりが、おっさんの顔を照らし……そして気づいた。

「おまえ……木曽川《きそがわ》か……？」

そうだ、よく見れば俺からミサエを奪ったクソ男、木曽川ではないか。

「おまえなにやってんだよこんなとこで……」

着てる服はヨレヨレのボロボロだ。肌にも張りがなくなっており、年齢は二十くらい老け込んだように見える。

「全部よぉ……失っちまってよぉお～……おお～……」

泣きながら木曽川は語り出した。

ミサエと別れたこと、上司である十二兼《じゅうにかね》から捨てられたこと。

タカナワをクビになり、キープしていた女たちからも捨てられた。

また、他にも人妻に手を出していたらしく、多額の慰謝料を請求されて無一文。

住む場所も失って、今途方に暮れているとのことだった。

「なんかすんごい転落してるね、こいつ……」

「……因果応報ですよ」

JKたちが普通にドン引きしていた。まあたしかに因果応報ではあるし、自業自得だ。

とはいえ、俺でも驚くくらい、手ひどいしっぺ返しを、めちゃくちゃすぐに受けていた（ミサエの浮気《うわき》発覚から二ヶ月も経《た》ってないのにな）。

木曽川はおいおいと涙を流し出す。

「おれだってなぁ……おれだってよぉ……昔はよぉ……こんなんじゃあなかったんだぜえ……」

「急に自分語りしてるし、聞いてないし……」

あかりがあきれる一方、木曽川は語り出す。

「昔はさ、おれにだって夢があったさ。野望があったさ。成りたい自分があったさ。でも……現実は残酷でよぉ、ぜんっぜん思った通りにいきやしねえ」

「……！」

……そうだよな。と思ってる自分がいた。俺にも成りたい自分があった。でも、その通りにはならなかったな……。

「おれはさぁ、すっげー作品に携われる、すげえ有能な編集者になりたかったんだよぉ。でもさぁ、おれぁ……馬鹿《ばか》だからよぉ。仕事できないからさぁ。結局顔の良さで女たらし込んで、ずるして成り上がるしかなかったんだよぉ」

「………」

いちおう、木曽川には、今のカス野郎になるだけのバッグボーンがあったんだな……。

「でも今じゃこんなんよ。……あーあ、夢なんて抱かなきゃ良かったなぁ。あの頃のキラキラした自分がいるせいで、今の落ちぶれた自分と比べて、余計に惨めに思えてくるよぉ……」

……木曽川の言ってることは、俺も共感できた。

俺も……菜々子にはああいったものの、ほんとはラノベ作家になりたかった。

がむしゃらに頑張っていた自分と比べて、今の自分は、なんて惨めなんだと思うときも多々ある。

「もしも人生やり直せるなら、あの頃に戻って、言ってやりたいね。努力したって無駄だって。努力したところで、成功できず、将来惨めな思いをするだけだって……」

木曽川の言葉を他人の言葉とは思えなかった。全部、俺にも当てはまることだから。

「なあ……あんたもこっち側の人間だろぉ」

「！」

「おれにはわかるんだ。あんたも過去から目を背《そむ》けたいって思ってるガワの人間だって……」

……そのときだった。

「ふざっっけんなよ、おっさん！」

あかりが声を荒らげる。

「おかりんを、あんたみたいなのと一緒にすんな……！」

あかりが真正面からおっさんを否定する。

「あんたにもたしかに辛い過去があったかもしれない。けど！　だからって人の大事な女奪ったり、ずるしていい理由には成らないでしょ！」

「そ、そりゃ……たしかに……そ、そうだけどよぉ……」

「あんたと違って！　おかりんは！　色々辛いことあっても、でもめげずに前に進んでるし！　他人に迷惑かけないし、真面目《まじめ》に仕事に取り組んでる！　ずるして失敗して、落ちぶれて……こんなとこで飲んだくれて、他人に迷惑かけてる、あんたみたいなのと一緒にすんなし……！」

「あかり……」

進んでる……か。自分では、わからなかった。ずっとその場に座り込んで、前に進めていないって思っていた。

でも……この子は違うと言ってくれた。この子はいたずら好きだけど、俺のような嘘つきではない。進んでるということは、本当なんだ……。

涙が、出そうになった。進めてるって、認めてくれたことが、嬉しかった。

きゅっ、と菜々子が俺の手を握ってくれる。

「……あかりちゃんの言う通りですよ。せんせぇは、過去から目を背けてないじゃあないですか。だって今……編集として、作品を作ってるでしょう？　今も……昔も」

「！」

……そのとき、俺は、思い出した。どうして、ラノベ編集になったのかを。

そうだ……ラノベ作家だったときの過去から、逃げたいんだったら、編集になんてなる必要ない。

俺が編集になろうとしたのは……。

「……木曽川」

俺は彼の隣にしゃがみ込む。そして、ぽんっ、と肩を叩《たた》いた。

「俺とおまえは違う。でも……俺もおまえのように失敗した過去を持つ。けど……今は、こうして幸せになれてる」

木曽川に同情したわけでも、許したわけでもない。

ただ。こいつはミサエの呪縛から解放する、きっかけを作ってくれた。

その分だけの、お礼として、俺はエールを送ってやる。

「過去から逃げるな。ずるせず、今を一生懸命生きてみろ。……そしたら、きっと良いことが起きるからさ」

「うぐ……ぐすぅ……岡谷《おかや》ぁ……さん……」

……酔いが覚めたのか、木曽川が俺を見て涙を流してる。

「ごめん……ごめぇん……おれ……ホントはあんたが羨《うらや》ましくてぇ……」

ミサエみたいな女を、どうして木曽川が奪ったのか。

それは、俺への嫉妬《しっと》があったからなのかもしれない。

「謝るな。俺はおまえを許さない。……じゃあな」

立ち上がって、あかりたちを見やる。そして、彼女らの頭を撫でた。

にへっ、とあかりが明るく笑い、菜々子は上品に微笑《ほほえ》んだ。

木曽川の気持ちもわかる。

まあだからといって、こいつのやったことは許されることではない。俺は二度とこいつと顔を合わせることはないだろう。でも、覚えておいてやる。

過去が、今の幸せを……形作ってるってことくらいは。

「帰るか」

「「はーい！」」

あかりが俺の腕に抱きついて、にへへっと笑う。

「おかりん、助けてくれてありがとっ。ちょ～～～～～～かっこよかったよ！」

「……大事な妹を助けてくださり、ありがとうございました。せんせぇは、やっぱり今も昔も、変わらずかっこいいです♡」

……あかり、そして菜々子から、かっこいい大人っていう風に見られてることが、なんだかとっても嬉しいと感じる俺なのだった。

★

俺はあかり、菜々子とともに家路についていた。

左右にはＪＫたちがいて、俺の腕をがっちりとつかんでいる。

「歩きにくいんだが」

「おかりんがまた一人ほーろーの旅にでないように、がっちりガードしてるんだよ★」

「で、ですです！」

二人とも俺が夜ふらっと出ていったことを、気にしてるようだ。スマホを置いてきたっていう嘘が、あまりに見え見えすぎたな。二人に、俺がなんか落ち込んでるって悟らせてしまった。

「すま……」

「ごめんなさいは聞きたくないなぁ。そこは、ありがとう、だよねっ」

「……そのとおりだな」

昔から逃げていた自分。過去を乗り越えた、とか言って、すごい引きずっていた。過去を否定していた自分。そんな俺の間違いを、あかりは正してくれた。

あかりがどこまで事情を把握してるのかはわからないが、それでも。

「ありがとう。おまえの……いや、おまえらのおかげで、元気になれたよ」

二人が俺を肯定してくれたから、俺は前向きになれた。

「おまえらは、もう立派な大人になったんだなぁ……」

「おかりんも大人っしょ？　あの木曽川のおっさんと同じく、嫌なことがあっても、自棄《やけ》にならずに頑張ってんだからさ〜」

あかりたちは教わるだけ、守られるだけの存在ではなくなっていた。

大人相手にはっきりと意見を言うこともできるし、落ち込んでいる大人に手を差し伸べることもできる。……俺は認識を改めないといけないな。

「昔は昔！　これから開田《かいだ》るしあ先生と爆裂ヒット作を世に出す未来の敏腕編集様なんだからさ！　胸を張ってほらほら！　あかりちゃんのように！」

……菜々子だけでなく、あかりも、多分なんとなくだけど、俺のラノベ作家引退にまつわる、心の機微について、察してくれてたのだろうな。

……背中にのしかかっていた重い荷物が、少しだけ軽くなった気がした。自分の中の一番ヘヴィな過去を、二人と共有したからだろう。

「ありがとな。おまえらには感謝してもしきれないよ」

するとあかりが「にゅふ〜♡」と、なんだか嫌な予感を覚える笑みを浮かべる。大人になった彼女だけども、このいたずらを企《たくら》むときの笑みは、昔のまま。凄いいやな予感しかしない。

「おかりんは～。アタシらに借りがあるってぇわけだ？　ね？　ね？」

「ああ、まあ」

「じゃあじゃあ！　あかりちゃんたちの、お願い聞いてほしいなぁ～？　ねー、お姉～？」

「え、いやそれは……」

あかりは俺から離れると、姉にぼしょぼしょと耳打ちをする。

菜々子は顔をぼっと赤くする。深夜で視界が悪い中でも、はっきりと、顔全体が赤らんでいるのがわかるほどだ。

あかりが何かとんでもないことを言ったのは明らかである。

「何を企んでるんだ？」

「えー、そんな、企むなんてそんな～。あかりちゃんはただ、おかりんにせーとーな対価を求めようとしてるだけですぜ～？」

……対価。やはり嫌な予感しかない。

「さ★　かえってお風呂《ふろ》にしようぜ～おっかりん♡」

★

俺は風呂に入った。そして、脱衣所を出ると……そこにはふくれっ面したあかりがいた。

「なんだ？」

「一緒にお風呂入ろうっていったじゃーん！」

「ああ、だから一緒に風呂に来ただろ」

「スーパー銭湯じゃん！」

……帰り道、あかりが今日の対価として、一緒に風呂に入ろうと言ってきたのだ。

だから俺は家の風呂……ではなく、彼女らを連れて、大きな風呂がある、近所のスーパー銭湯へとやってきたのだ。

で、ひとっ風呂浴びて、俺たちは館内着を着て一階へと下りてきた次第。

「あーあー！　おかりんもったいないことしたなー！」

ずぅっと不満を垂れ流すあかり。

「あそこはさー、一緒にお風呂入るとこでしょっ？　湯船、若い男女、裸……何も起きないことはなく……でしょ、もー！」

……どうやらあかりは、俺と菜々子とあかり、三人で自宅風呂に一緒に入りたかった様子。

まったく、そんなこと、許されるわけがない……。普通に犯罪だ。

「あーあー！　おかりんかわいそー！　こんなチャンスもう二度と巡ってきませんぞ！」

「あかりちゃん、機嫌直して」

「お姉はいいの!?　せっかくおかりんと、ドキドキ★お風呂タイム過ごせなくて！　足滑らせて押し倒し、からの本番……とか！　そういう展開に持ってけたんだよ！　……あいたっ」

俺はあかりの頭を軽くチョップする。

「声が大きい。周りに迷惑だろ」

夜中とは言え、スーパー銭湯には客が結構いた。夏休みだからだろうかな。

「ぶー、おかりんのヘタレ。ＪＫとお風呂入りたくないのかよぉ……。おっさんって、若い女とお風呂入りたいもんじゃないの～？」

「どこから得た知識だよ、まったく……」

ほんとあかりは、昔からませてるんだから。子供が背のびしてるみたいで、ふふ……。

「あー！　出たその、保護者面！　もー！」

「……ままあ。それだけせんせぇが、私たちのこと、大事にしてくれてるってことでしょ？」

菜々子が俺の気持ちを代弁してくれている。

「……どうでもいい相手じゃないから、こんなに色々よくしてくれてる。お風呂だって、そうだよ。私たちのことを、大事に考えてくれてるから、一緒にお風呂に入らなかったんだよ？」

そのとおりだ。おっさんと風呂入ったなんて噂《うわさ》が立てば、この子らの社会的な立場が失われてしまうからな。

「ぶー……」

あかりは俺の気持ちを聞いても、不満そうだった。俺は一旦《いったん》離れ、一階のロビーでコーヒー牛乳を二本買って、あかりたちの元へ帰ってくる。

「ほら、お礼。ありがとな、あかり、菜々子」

コーヒー牛乳はこの子たち、特にあかりの大好物だ。

あかりはちらっと俺の手元を見て、ふにゃっと笑う。すぐにコーヒー牛乳を回収し、ぷいっとそっぽを向く。

「ま、仕方ないから、これで手打ちにしてやるか〜。チャンスはまだまだあるもんねー！」

良かった、機嫌を直してくれたようだ。昔のように、腰に手を当て、コーヒー牛乳を一気に飲み干す。

菜々子はちびちびと舐《な》めるように、飲料を口にする。……ああ、そうだ。この光景も、昔見たことがある。

塾の帰り道、俺が二人を家へ送っていくとき……。

途中でコンビニによって、食べ物や飲み物を買って、他愛ないおしゃべりに興じていたっけ。

「…………」

過去は決して、今の自分を苦しめるものではない。

過去の楽しかったことを思い出すことで、今の苦しい自分に、エールを送ることができる。

それに気づけたのは……ＪＫたちと同居したからだ。

人によっては昔の思い出にすがってる、弱い人間に見えるかもしれない。でも俺は、過去はもう悪くないものだって、そう思ってる。

★

ＪＫたちと風呂に入り、家に帰ってきた。

二人は着替えて寝室へいった。俺は自分のベッドで横になり、今日のことを思い返していた。

「楽しかったな……」

王子たちと飲んだことも、そして、ＪＫたちとスーパー銭湯に行ったことも、楽しかった。

コンコン……と部屋のドアがノックされる。

『あ、あの……せんせぇ……』

菜々子の声がドア越しにやってきた。遠慮がちにおれに言う。

『あ、あの……起きてたらでいいのですが、お話ししたいです……』

「いいぞ」

今日はこの子らのわがままに思い切り付き合ってあげたかった。彼女らに、救われたからな。

パジャマ姿の菜々子が入ってくる。パジャマ越しに目立つ、その大きな胸を意識してしまう。

あまりじろじろ見てはいけないと思って目線をそらし、尋ねる。

「どうした？」

「あの……ラノベのこと……」

「ああ。それか」

橋のところでは、内容についてあんまり語っていなかったからな。

俺はかいつまんで、ラノベ作家時代のことを説明する。

大学生の時ラノベ作家を目指していたこと。結構頑張って、新人賞とったこと。でも、そっから三シリーズ書いて、全部一巻打ち切りをくらって挫折。編集者へと方向転換したこと。

「せんせぇ……あきらめちゃったんですね。可哀想……」

同情してくれる菜々子の頭を、俺は優しくなでる。あんまり泣いてほしくはなかった。

「あきらめてないよ」

だって、思い出したから。俺の、編集を目指した初期衝動を。

「あきらめてない？」

「ああ。俺のラノベ作家時代の夢はな、『人に夢を与えられるような作品が作りたい』だったんだ」

読んだだけで毎日ハッピーになるような、辛い気持ちを一時でも忘れられるような、そんな作品が作りたかった。

「素敵な夢……」

純粋無垢《むく》な菜々子が言うと、言葉にも重みがでるから不思議だ。嘘偽りなく、素敵だと思ってくれているんだろう。……俺も今もそう思ってるから、肯定されてうれしくなる。

「ラノベ作家としての俺には、夢を実現するだけの力はなかった。それがわかったからさ、やり方を変えたんだ」

俺は目を閉じる。

「世の中には、たくさん、人に夢を与えるような、すごい作品を作れる、本物の天才たちがいる。カミマツ先生や……王子とかな」

白馬《はくば》王子。彼もまた天才だ。

『グリム』は全世界の子供たちに、夢と興奮を与えている。

俺が、したくても、できなかった事を、出来る人たちがこの世にはいる。

「俺はその人たちに夢を託したんだ。自分で、夢を与える作品を書くんじゃなくて、人に夢を与える作品作りを、サポートしようって」

「だから……作家をやめて編集者になったんですか？」

「ああ。作品を作るって意味じゃ、今も昔も、やってることは同じだろ？」

自分で書《つく》くか、一緒に作るかというだけの違いに過ぎない。

「俺の夢はさ、形は変わっちゃったけど、今も俺の中にちゃんとある。だから悲観しなくていいんだよ」

形は変わっても、あの時持っていた夢は、今も持ってる。それが俺を動かしてる。

……そんな大事なことさえ、俺はついこないだまで忘れていた。思い出させてくれたのは、菜々子たち、過去からのつながりのある娘らと再会できたからだ。

「あー！　お姉とおかりんが、いちゃいちゃしてるぅうううううううう！」

そこへ、あかりがやってきて、俺と姉の間に割って入ってきた。

「お姉、二人一緒に幸せになるって言ってたのに！　抜け駆けするなんて！　むきぃぃい！」

地団駄を踏むあかりが、まあ……小学生かって言いたくなるレベルの、怒りっぷりを発揮していた。

「……あかりちゃん、別にいちゃついてないよ」

菜々子もあかりの幼稚な振る舞いに、苦笑していた。まあ気持ちはわかる。体は成長しても、あかりはあかりのまま、あの頃のまんまだ。

「じゃあキスしたんでしょ！」

「……してないです」

「証拠は⁉」

「……ありません」

「はい嘘ぉ！　って、なんだよ二人ともぉ～。楽しそうに笑っちゃってさ」

ＪＫって、不思議だ。過去《こども》と未来《おとな》が同じ体の中で同居してるんだから。

「こうなったら、その体に聞いてやる～。こちょこちょ～！」

あかりが菜々子の体に飛びついて、脇腹《わきばら》をくすぐりだした。

二人は楽しそうにはしゃいでいる。……その姿に、俺は在りし日の二人を重ねる。二人は、この先もずっとこうして、何があっても、楽しく暮らしていくのだろう。そんな楽しげな二人を見てるだけで、こっちは幸せな気持ちになる。

……妻に浮気された日、ＪＫと出会った。もしもあの日、浮気にも気づかず、ミサエと一緒に暮らしてたら、今の幸せは手に入ってなかったろう。あのとき、この子らに出会えてよかった。心から、俺はそう思っていた。だって……今、俺は笑っていられるのだから。

王子《おうじ》たちとの飲み会から、少し経《た》ったある日のこと。編集部にて。

「それでわが友よ。話ってなんだい？」

編集部に併設されてる会議室。部屋に用意されている椅子《いす》に優雅に腰を下ろしてるのは、俺の友達でもあり、売れっ子ラノベ作家の白馬《はくば》王子。

俺は王子に向かって頭を下げる。

「先生、どうかSR文庫で、新作を書いていただけないでしょうか」

……王子への言葉は思ったより、詰まらずに言えた。

「……顔を上げたまえ、わが友」

王子の顔を見やると、彼は目を丸くしていた。

「驚いた。君が……私に執筆を依頼するなんて」

……王子はカミマツ先生と同じ、元職場《タカナワ》で本を出していた。同窓の縁もあって担当になる機会もあったのだが、俺は断っていたのだ。

「どうして今になって依頼してきたんだい？」

タカナワのときは、どうして一緒に仕事しようとしなかったのかと聞いてくる。王子のことだ、別に責めているのではなく、純粋に疑問に思ったのだろう。

「おまえと顔を合わせづらかったんだ」

……王子とは（一花《いちか》ともだが）大学四年間、苦楽を共にした仲だ。でも卒業後ほとんど顔を合せなかった。なぜか。

「王子、俺は……お前がうらやましかった」

彼もまた大学の時からラノベを書きはじめた。しかも、俺より後からだ。

でもデビューは王子のほうが早かったし、それになにより、王子の本のほうが売れた。

「ラノベ作家やめて、編集になった後、お前と仕事しなかったのは、おまえに編集としてモノを言う資格がないって思ってたからさ」

指摘しても、所詮は、売れなかったラノベ作家のたわごと、と自分でそう思ってしまうのだ。

王子は絶対にそんなこと言わないだろうけど。ラノベ作家だった頃の、過去の俺の幻影が、俺に指をさして言う気がしたのだ。

王子は黙って俺の言葉に耳を傾けてくれた。やがて、ふっと微笑《ほほえ》む。

「過去を乗り越えたんだね、光彦《みつひこ》」

「ああ……もう、俺は自分の過去を恥ずかしいとは思わない」

ラノベ作家としてうまくいかなかった自分がいたからこそ、編集者、岡谷《おかや》光彦がいる。

俺はもう過去を恥じない。売れなかったラノベ作家ではない。編集者として、作家、白馬王子と……向き合いたい。

「ぜひ、あなたと仕事させてください」

あの売れっ子作家、白馬王子が、立ち上がって俺に頭を下げてきた。

「いいのか……？」

「ああ。私はずっと、君と本が作りたかったんだ」

「王子……」

俺も立ち上がって、王子に頭を下げる。

「すまん。ずっと逃げてて」

「気にするな。ただ、次からは遠慮しないでくれよ？」

王子が微笑んで、俺に手を差し伸べてくる。俺はうなずいてその手を取った。

「もちろん。これからは、俺たちは編集と作家、対等な存在だからな」

「よろしく頼むよ、わが友」

かくして、新規レーベルであるこのSR文庫で、大人気作家の白馬王子に書いてもらえることになった。

「では今日は祝杯をあげようか！」

「ああ……悪い。それはまた後日でいいか？」

「ああ、先約があるのかい。残念だな」

俺はうなずく。そう……俺を待っている子らとの、約束があるのだ。

「私のことは気にせず、レディとの約束を優先させたまえ」

……俺はまだ、女との約束と言っていない。だというのに王子は一発で見抜いてきた。

「なんでわかったんだ？」

「一流のラノベ作家になれば、行間を読むことくらい容易《たやす》いのさ！　ふははは！　ということで、あんまり待たせてはいけないから、早く帰るといい」

どうやら待ち合わせ時間ギリギリなのもお見通しのようだ。つくづく、こいつはすごいやつなんだなってそう思ったのだった。

★

仕事を終えた俺は、ＪＲの改札を出て、待ち合わせ場所へと向かう。

ここは俺たちの住んでいる場所から、電車で数分のところにある、隣県の駅。ここから歩いてすぐのところのショッピングモールに、今日は三人で買い物へいくことになっていた。

菜々子《ななこ》が飼い始めたチョビの、犬用のフードやら小物やらを買うためだ。

「ねーえ、お姉さんたち〜。おれらと遊ばない？」

「君らちょー可愛《かわい》いね！　顔似てるけど双子〜？」

……駅前で、菜々子とあかりが、大学生らしき二人組にナンパされていた。

まあ、彼女らは可愛いからナンパされるのもわかる。

……大事な二人が、チャラそうな男に声をかけられてる。まあ人を見た目で決めるのはよくない。

実はいい奴《やつ》らなのかもしれない。……それでも。

俺は急ぎ彼女らのもとへ行き、声をかける。

「すまない、遅くなったな」

……チャラい大学生たちにも聞こえるようにはっきりそう言った。

「俺の女に、何か用事か？」

彼らは俺を見て、「ち、父親つきかよ」と言って去っていく。まあ親がいてはナンパもしづらいだろう。……親じゃないけど。……しかし、俺の女か。とっさのこと、かつ、効果的な言葉だと思ってそう言ったが、やっぱり違和感が強い。俺はあくまでこの子らの保護者なわけだしな。

「おっかりーん！」

がばり、とあかりが俺の腕に抱き着く。

「俺の女ってぇ～？　ねーねー、今俺の女って言ったよね～？　んんぅ？」

……案の定あかりがからかってきた。

「あれはナンパ男を追い払う方便だから。ほんとは使いたくなかったよ」

保護者だからな、俺。

俺の嫌そうな顔を見て、ちぇ……とあかりがつまらなそうな顔でつぶやく。

「えー、つまんなーい。そこは照れてよ」

「ないない」

一方菜々子は嬉《うれ》しそうに笑って言う。

「……せんせぇ、ありがとうございます♡　追い払ってくれて……男らしくて、かっこよかった♡」

こんな美人に、そんな風に言われて、ドキッとしない男はいないだろう。

「菜々子。そういうのは、あんまり言わないほうがいいぞ。男を勘違いさせちゃう」

「……？」

よくわかってなさそうな菜々子に、あかりがあきれたように言う。

「わかってないなー。おかりんはね、こう言ってんの。俺以外にそんなことというなって」

「言ってねえよ」

ほんとこの子は、ませてるんだからもう……。

「はい！　わかりました。せんせぇにだけ言います！」

「そうじゃないんだが。……まあ、いくか」

「「はーい！」」

……妻に浮気《うわき》された夜、双子ＪＫと再会したことで、俺の人生はいい方へ向かった。転職したし、逃げていた過去も乗り越えることができたし、親友と仕事を一緒にできるようになった。

すべて、彼女達のおかげだ。

……俺は、この先彼女達がどう変わろうと、彼女らのおかげで人生にいい変化がおきたことを、感謝の気持ちと共に永遠に覚えているだろう。この先何があっても、ずっと。

あとがき

初めまして、茨木野《いばらきの》と申します。

この度は、『窓際編集とバカにされた俺《おれ》が、双子ＪＫと同居することになった（以下、本作）』をお手に取ってくださり、ありがとうございます。

本作は、小説家になろう（以下、なろう）に掲載されたものを、改題・改稿したものとなっております。


本作の内容について説明します。

主人公は大手出版社につとめているサラリーマン（二十九歳）。ある日、妻に浮気《うわき》され、家を出ていかれるも、その日の夜に双子のＪＫを拾う。元教え子の可愛《かわい》いヒロインたちに癒《いや》されながら、幸せな新生活を送る……と言った内容のお話になってます。

清楚《せいそ》で引っ込み思案な姉・菜々子《ななこ》（黒髪）と明るく奔放な妹・あかり（金髪）。二人のヒロインの可愛さが伝わってくれたらいいなと思いながら、本作を書きました。


尺が余ったので、近況報告。

二〇二四年がスタートしました。

去年は正直、スランプな一年でした。

なろう、プライベート、何をやってもうまく行かず、正直、小説家を引退しようと思ってました。

小説をウェブで、本格的に書き始めたのが二〇一五年。そろそろ一〇年になりますが、二〇二三年が一番の「谷間」でした。ここまで本気で小説やめてやる！　って思ったのは初めてでした（当社比）。

でも年末、僕は考えを改めました。このままではいかんと。スランプから脱出するんだ！　と。

そこから、年末年始にかけて、僕は神社でお参りしまくりました。神頼みです。

僕の好きな言葉に、「意志の力でどうにもならないときは、好機の到来を待つしかない」というものがあります。

スランプはもう自分の力でどうにもならない。ならばもう神頼みしかねえ！　ということで、かたっぱしから初詣にいっては、「スランプから脱出できますように！」とお祈りしまくりました。

就職活動のときより祈っていたきがします（当社比）。

その甲斐《かい》あって、年始早々、新しい仕事も決まり、なろうでポイントもまたとれるようになりました。スランプから早い段階で、脱出できて、本当によかったなって思いました。サンキューゴッド（罰当たり）。

続いて、謝辞を。

イラストレーターの「トモゼロ」様。素晴らしいイラストありがとうございました！　ＪＫたちだけでなく、サブヒロインのるしあ、一花《いちか》に至るまで、全員イメージぴったり、かつ可愛く描いてくださりました。本当に感謝です！

編集のみっひー様、『神作家』『ぶいにい』に引き続き、本作でも大変お世話になりました。原稿のチェックだけでなく、メンヘラ作家（※僕）のメンタルケアまでしてもらって、本当に申し訳ございません。いつも感謝しております。

そして、この本を手に取ってくださっている読者の皆様。この本を出せるのは皆様のおかげです。ありがとうございます！

最後に、宣伝があります。

『有名ＶＴｕｂｅｒの兄だけど、何故《なぜ》か俺が有名になっていた（略称、ぶいにい）』の第二巻が、本作と同時、三月にＧＡ文庫から発売しております。

実は本作のヒロインが、ちょろっと『ぶいにい』にも出てます。ご興味ございましたら、ぜひ手に取ってくださりますと、うれしいです！

また、『ぶいにい』はマンガＵＰ！様でコミカライズすることが決定しております！
塩たこ焼き様が素晴らしい漫画を描いてくださっております！　こちらもぜひ！

それでは、皆様とまたお会いできる日まで。

二〇二四年一月某日　茨木野

GAノベル

窓際編集とバカにされた俺が、双子JKと同居することになった

2024年3月31日　初版第一刷発行

著者　茨木野

発行者　小川 淳

発行所　SBクリエイティブ株式会社
〒105-0001　東京都港区虎ノ門2-2-1

装丁　AFTERGLOW

印刷・製本　中央精版印刷株式会社

ISBN978-4-8156-1456-0
Printed in Japan

ファンレター、作品のご感想をお待ちしております。

〒105-0001　東京都港区虎ノ門2-2-1
SBクリエイティブ株式会社
GA文庫編集部 気付

「茨木野先生」係
「トモゼロ先生」係

本書に関するご意見・ご感想は
下のQRコードよりお寄せください。
※アクセスの際に発生する通信費等はご負担ください。

https://ga.sbcr.jp/

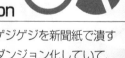

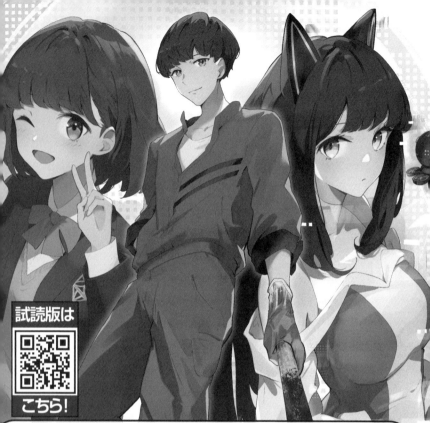